短歌と俳句の五十番勝負

穂村弘×堀本裕樹

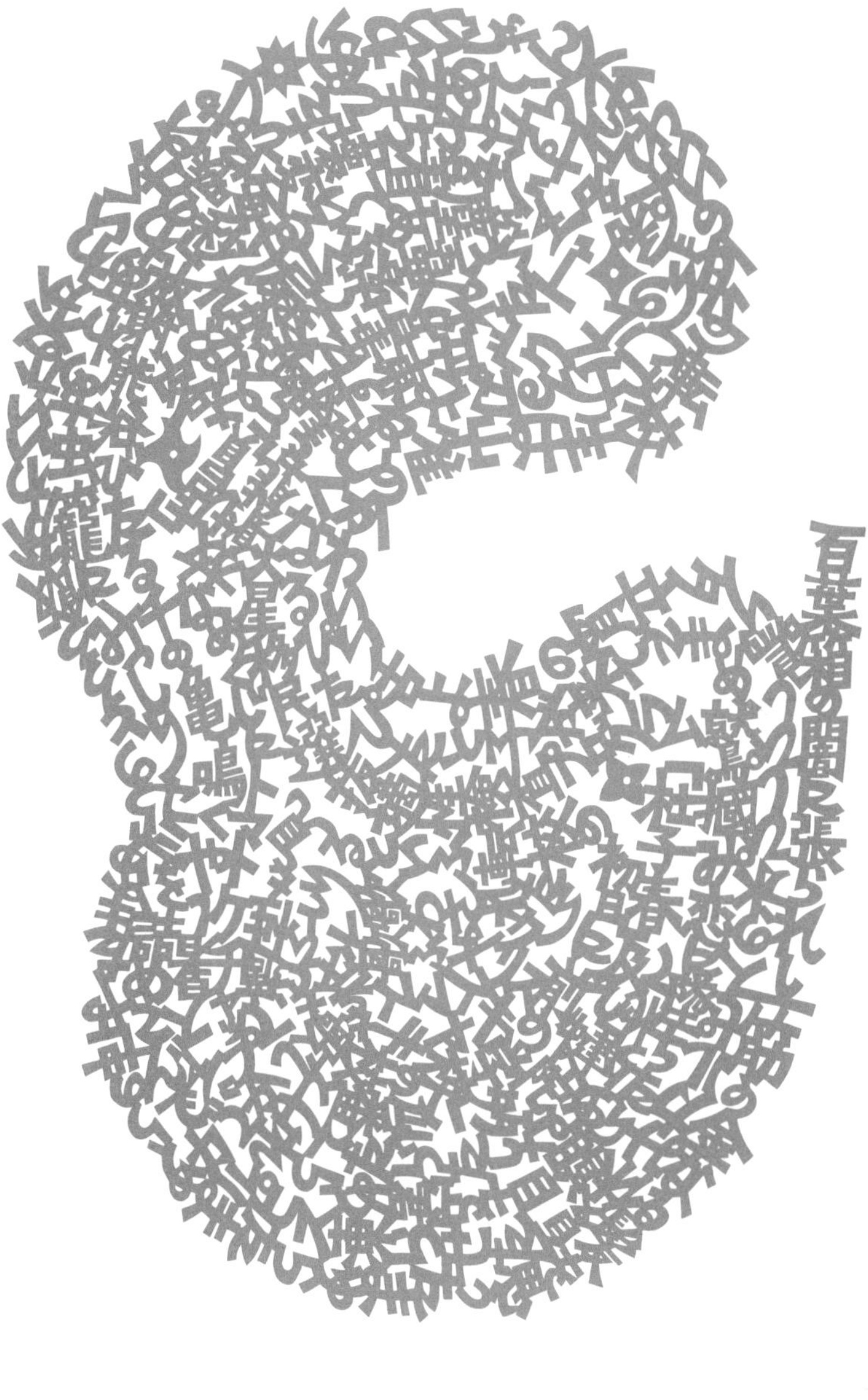

新潮社

短歌と俳句の五十番勝負　目次

43 ふるえる　青柳いづみ　女優　一七七
44 瀬戸内海　田丸雅智　ショートショート作家　一八一
45 おいてけぼり　小松孝知　運送業　一八五
46 愛嬌　山田邦子　出版社受付係　一八九
47 うらはら　五戸真理枝　「文学座」劇作　一九三
48 忖度《そんたく》　迫田朋子　ジャーナリスト　一九七
49 共謀罪　藤田直哉　文芸評論家　二〇一
50 ぴょんぴょん　馬場あき子　歌人　二〇五
あとがき対談　穂村弘×堀本裕樹　二〇九

装画　工藤慈子
撮影　広瀬達郎（新潮社写真部）
装幀　新潮社装幀室

短歌と俳句の五十番勝負

1

お題

椅子

出題者

穂村弘／歌人

五一歳・男性

透明な椅子が近くにあるはずだそれから透明な洗面器

穂村 弘

私は小学校一年生のときから眼鏡をかけている。強度の近視のために外すとほとんど何も見えない。湯気に充ちた浴室の中なら尚更だ。しかも、お風呂の椅子や洗面器は透明だったりする。あれはどうしてなんだろう。椅子が透明だと宙に腰掛けているみたいで面白いから？ 洗面器が透明だとお湯を手で摑んでいるみたいで面白いから？ でも、宙に腰掛けてお湯を摑む私の姿を楽しむ観客がいるわけではない。いたら困る。

ともあれ、おかげで見えない椅子や洗面器を求めて、ぼんやり霞んだ空間を手探りすることになる。この歌は、そんな場面を詠んでいるのだが、改めて「透明な椅子が近くにあるはずだ」まで読んでみると、普通にリビングにあるような椅子、しかも透明人間のように完全に透明、がイメージされることに気がついた。家にそんな椅子はない。たぶんどこにもない。お風呂の透明椅子も本当の本当は透明じゃないんだ。

新涼やひさしく触れぬ椅子の脚

堀本裕樹

穂村さんから「椅子」の兼題をいただいたその日の真夜中、「椅子の脚」という言葉が急に閃いて頭から離れなくなった。もうこうなったら、「椅子の脚」で作るしかない。こんな流れのときは僕の場合、固執しすぎて失敗するか、不思議な集中力が働いて上手くいくかのどちらかである。それで、数時間集中して何句か作ったなかから残したのが、この一句なのだが果たしてどうだろう。

自句への不安のせいだろうか、穂村さんの「ふふふふっ」という微笑む面差しが脳裏になぜか浮かんでくる。仏のようでもあり、泰然自若かつ不敵なものもなんだか漂っている雰囲気だ。僕にはいまいちその笑みの真意が読み取れない。と言いつつ、これはあくまで僕の妄想である。真意も勝手に妄想すれば済む話だ。でも、できない。「ぼくはしょっちゅう椅子の脚に触れてるよ、ふふふ」、そんな穂村さんの優しげな声音の幻聴すら聴こえてくる。「いやいや、椅子の背もたれや座るところはよく手に触れるけど、脚は触れる機会少ないですよね？　そんなに触りますかね？」、妄想のなかで妙な反論なんぞを必死に返してみる。しかし、穂村スマイルは消えないのである。

そのうち、「椅子の脚」が突如キィキィ動き出して迫ってくる幻覚にまで発展しそうなので恐ろしくなり、穂村さんの意味深な笑顔もここで断ち切らねばとなんとか振りきったのだった。丑三つ時であった。

ちなみに、「新涼」は初秋の季語で、高浜虚子編『新歳時記　増訂版』には、「秋はじめて催す涼しさをいふのである」とある。

2

お題

動く

出題者

堀本裕樹／俳人

三九歳・男性

駄目な詩をひとつ殺した消しゴムの滓がふわふわふわ動き出す夜

穂村　弘

原稿用紙に向かって何かを書いているとき、どうしてもうまくいかなくて、苛々して、激しく消しゴムをかけることがあった。ごしごしごしごしごしごしごしごしごしごし、消しゴムの先端が熱くなる。汗が出る。ふと見ると、大量に生まれた滓たちが、生き物のように勝手に動いている。そんな感触が体に残っていて、この歌を書いた。

念のため、テストしてみる。ごしごしごしごしごしごしごしごしごしごし。あれ？　消しゴムは熱くなったけど、思ったより滓が出ない。生き物のように動き出さない。変だなあ。あの記憶はなんだったんだろう。齢のせいで消しゴムをかけるパワーが弱くなったのか。それとも、消しゴムの品質が向上して滓が出なくなったのか。いや、もしかすると、白紙にかけたのがいけなかったのかもしれない。本当に詩をひとつ消さないと、怨念が滓に乗り移らないのかも。

動かざるいとど触角のみ揺る

堀本裕樹

僕の故郷は和歌山である。両親の里は熊野本宮という今でも相当な田舎なのだが、子どもの頃、便所に行くのがやたら怖かった思い出がある。家屋から離れた外に便所があったので、日中はまだ大丈夫なのだが、夜になると、裸電球だけの心もとない灯りとなり、僕を震え上がらせるほどの静かな迫力があった。

便所はいわゆる和式のぼっとん便所というやつで水洗ではない。便器の空洞が下へ下へ無限の闇を拡げているようで不気味だった。

しかし、人間の生理現象は我慢できるものではない。夜中に急を要して便所に駆け込むことだってある。小学生の僕はお腹をきゅるきゅるさせながら、慌てて戸外へ飛び出し、えいやと電球をつけるや、便器にかがみ込んだ。やがて用を足したあと、深々と溜息をついてふと便所の隅に視線をやった。気の抜けきった両眼にぼんやり映ったのは、カマドウマであった。「いとど」は古称で、ベンジョコオロギとかオカマコオロギなんて別名もある。

ぼんやり、が一瞬に覚醒して背筋に緊張が走る。初めて見たとき、なんなんだこの気持ち悪い生き物はと思い、唾をごくりと飲み込んだものだ。後ろ脚が異常に長くて、触角も長く体の何倍もある。コオロギを茶に染め上げてずんぐりさせたような体型は、エイリアンみたいだ。何度眼にしても慣れない。怖い。

一難去ってまた一難である。あらぬ恰好で凍りついている僕は、カマドウマを見つめる。奴は動かない。でも、触角だけゆうらゆううら揺れている。奴を決して跳ばしてはいけない。僕は便所の神様に敬虔な祈りを捧げた。

3

お題

たまゆら

出題者

北村暁子／編集者

五二歳・女性

百葉箱の闇に張られし一筋の金なる髪を思うたまゆら

穂村 弘

小学校の校庭の隅にその箱はあった。白いペンキの塗られた鎧戸造りが印象的で、「百葉箱」という名前も謎めいている。いったいなんなんだろう、と気になったけど、あの中には人間の髪の毛が入っている、という不気味な噂があって、確かめるのが躊躇われた。変なことをすると祟りがありそうだ。だって、祠とか社とかを思わせるオーラが出ていたのだ。後に、その正体が気象観測用の装置であることを知った。温度や湿度などを計測するためのものらしい。外観と名前と祟りっぽいオーラの割りに、実は科学的なものだったのだ。

ところが先日、必要があって「百葉箱」について改めてインターネットで調べたところ、意外な事実が判明した。〈「毛髪式湿度計」というそうだ。細いひものようなものがピーンと張っている〉〈フランス女性の金髪が細く均質で最も適しているということだ。〉なんと、子供の頃にきいた噂は事実だったのだ。しかも「フランス女性の金髪」とは。あの箱の暗闇の中に張られた一筋の金色を思い浮かべる。それから、その持ち主の笑顔を。

たまゆらの世やたまゆらのとろろ飯

堀本裕樹

　先日、突然背筋に悪寒が走った。体温を計ると、三十七度八分あった。すぐに就寝したが、翌朝は三十九度近くまで上がっていた。

　とりあえず水分を摂《と》って、ふらふらしながら、近所の総合病院まで歩いていった。誰も助けてくれる人がいないのが、独り暮らしのつらいところだ。病院に着くと、高熱のある方はお声掛けくださいと案内所に表示されていたのでか細く訴えてみた。きっと優先して診察してくれるのだろう。しかし、それから診察室の扉はいっこうに僕のためには開かれなかった。熱で頭がぼうとする。僕の隣では英語の本を真剣に読んでいる若い女性がいる。「ワン・リンユーさ〜ん」と扉が開いて看護師の顔が現れた。すると、隣の女性が立ち上がり診察室に消えていった。大学が近くにあるので留学生かなと推測する。次に呼ばれたのは英語圏の女性の名前であった。留学生というのはあくまで憶測だが、異国で受ける診察はさぞや心細いだろうなと思った。

二時間待って、ようやく僕の名前も呼ばれた。扁桃腺が腫れていた。血液検査の結果、ただの風邪だったが点滴も受けた。家に辿り着くと、四時間経っていた。総合病院での診察の難点だが仕方がない。喉に負担がなく、つるりと食べられて滋養のあるものをと思い、長芋を擂《す》り下ろして醬油を垂らし白飯にかけてかき込んだ。あっという間に食べ終えた。

「たまゆらの命」というが、たまゆらが何を修飾するかで、たまゆらの意味する「一瞬」の振幅も変化する。リフレインでその振幅の差異が表せたか。季語は「とろろ飯」で秋。

4

お題

信じられない

出題者

藤野可織／作家

三二歳・女性

寝癖外出罪で手錠を掛けられる信じられない朝のまぶしさ

穂村　弘

髪の毛が多くて硬いので、朝、寝癖が大変なことになっている。特に凄い日はパイナップルの王様のようだ。会社に通っていた頃は、毎朝が寝癖との戦いだった。目が覚めるとまず何よりも先に、タオルにお湯を注いだものを頭に乗せて、その状態で歯を磨いたり、ヨーグルトを食べたり、ネクタイを結んだりする。そして、家を出る直前にタオルを外すと、やっと「普通の寝癖」くらいになっている。そのまま会社に行っていた。完全に寝癖のない状態までもっていくのは無理と諦めていた。「今年は世界中で寝癖が大流行」とか「パイナップル寝癖は憧れの的」みたいなことにならないかなあ、と思っていた。「雑誌『寝癖』の表紙モデルになってください」とか。でも、そんなことはあり得ないようだ。せめて寝癖が犯罪じゃなくてよかった。いや、それとも軽犯罪なのか。今も寝癖だ。もう夕方なのに。朝、目が覚めて寝癖が全くできてなかったら、私は自分が死んだんじゃないかと疑うだろう。眠ってる間に天国に来たから、今朝は寝癖じゃないのだ。

街師走信じられない多情の日

堀本裕樹

電車に乗り込むと、隅のほうの座席が落ち着くので素早く確保しようとする。きっと僕だけではないだろう。なぜ人間は比較的隅を好むのだろうか。大昔、人間が洞窟に住んでいたころの遥かなる習性が今にまで受け継がれ、洞窟的安心がある隅っこを現代人も好むのではないかという説をどこかで聞きかじったとき、ああ、なるほどと案外すんなり納得した。

この日もうまく隅の座席を確保し、文庫本でも読もうとしたときだった。対角線上の隅に立っている女性の横顔が眼に留まった。

あれ？　ひょっとしてTじゃないのか。セミロングの髪で少し隠れて見える横顔に、大学時代に付き合ったTが重なった。十七年近く会っていないので確証が持てないまま、その女性は次の駅で降りていった。落ち着いて読むはずの文庫本を開く気にもなれず、当時喧嘩して泣いたTの表情やなにやかやが、静かにざわざわと脳裏に押し寄せてくる。

それから電車を降りて書店に入ると、三年前に別れたKと同じ香水がふと鼻先をかすめていった。振り返ると、彼女とは似ても似つかない背格好だった。ロラン・バルトの『表徴の帝国』を衝動買いして書店を出たあとは特に行くところもなくなり、帰路の途中のTSUTAYAで、「愛人 ラマン 無修正版」を借りてしまうという変な動揺ぶりを発揮した。

真夜中に「ラマン」を観終わり、風呂に入って寝床につく。「不意のエロスだけが、風景を異化する」という言葉が苦虫を嚙み潰したような村上龍の顔と一緒に浮かんできた。なぜ、こんな寸言を覚えているのだろう。

奇妙に混線した一日もたまにはあるか。

5

お題

風見鶏

出題者

竹本健治／作家

五九歳・男性

風見鶏の、風見卯を、風見猫が、狙ってくるくるくるくるきらり

穂村　弘

　子供の頃は風見鶏の存在を知らなかった。最初にどこで出会ったのか、思い出せないけど、なんとなく異国的な雰囲気に惹かれている。そんなに役に立ってなさそうなところもいい。あれはいつだったろう。風見鶏だ、と思ってよく見たら風見兎だったことがあった。そうか、そういうのもあるのか、と初めて知った。風見と云えば鶏だとなんとなく思い込んでいたけど。十二支の風見を順番に想像してみる。鼠、牛、虎、兎、竜、蛇、馬、羊、猿、鶏、犬、猪。ふーむ、牛や猪はあんまり似合わない感じ。猿は仕事をさぼりそう。風見虎とか風見竜とかは、ヤクザの親分の家に良さそうだ。

　猫は干支にいない。でも、風見鶏との関係でいえば、いちばん緊迫しそうだ。産みたての風見卵を狙う風見猫。そうはさせじと警戒する風見鶏。しかし、全員が風見だから、張り詰めた駆け引きの合間にも、風の流れに従ってくるくるくるくる回ってしまうのだ。

去年今年流星を見る風見鶏

堀本裕樹

俳句を嗜んでいる人には、去年今年《こぞことし》という言葉に馴染みがあると思うが、そうでない人には多少の説明を要するだろう。

去年今年とは新年の季語で、高浜虚子編『新歳時記　増訂版』には、〈「いかにねておくるあしたに云ふ事ぞきのふをこぞとけふをことしと　小大君」と後拾遺集にある。倏忽のうちに年去り年來ることを感じた言葉である〉とある。倏忽？　難しい言葉だが「しゅくこつ」と読むらしい。らしいというのは僕も今調べてきちんと知ったからだ。たちまち、あっという間に、の意味で漢字の成り立ちからみると、犬が速く走るさまが含まれているという。なるほど、犬の字が確かにある。とにかく古い年から新しい年へと移り変わる感慨が、去年今年には込められているのである。

そんな特別な時間の流れのなかでも、風見鶏はいつもと変わらず屋根の上に佇んでいる。風のない真夜中の風見鶏は、遥かな宇宙を見つめているようだ。ずっと屋根の上にいるのだから、流れ星も数え切れないほど見てきただろう。だが、風見鶏にとっても去年今年に見る流星は特に感慨深いはずだ。旧年から新年に向けて、その時間を貫くように流れ消えてゆく星に風見鶏は何を思うのだろうか。

風見鶏にも願いがあるのなら、どんな願い事を三回繰り返すのだろう。もし、僕が風見鶏だったら「わたしに命を！」と願うだろう。「もう風ばかり見るのは飽きました。雨風に翻弄されながら、くるくる回り続けるのはまっぴらです。命を得て自由に地を駆け空を飛びたいです」という祈りを胸に。

6

お題

まぶた

出題者

松家文子／大学生

一九歳・女性

左目に震える蝶を飼っている飛び立ちそうな夜のまぶたよ

穂村　弘

突然、「まぶた」が痙攣し始めることがある。すぐに収まることもあれば、しばらく続くこともある。それが続いている間、普段は忘れている時間というものを強く意識する。流れゆく時の一秒一秒を私はたしかに生きている。こんなに「まぶた」を震わせて。

自分の意思とは無関係にぴくぴくするのが、なんとも云えない感覚だ。そこだけ別の生き物になってしまったみたい。この短歌では、「蝶」に見立てている。でも、実際に「左目」から「まぶた」が飛び立ってしまったら困る。眩しい。乾く。こわい顔。

痙攣は始まるきっかけもわからなければ、収まるきっかけもわからない。いつだったか、井の頭公園の駐車場に入って、発券機から券を引き抜いた瞬間に、ぴくぴくが始まったことがあった。駐車券と自分の「まぶた」が連動しているような錯覚に陥る。駐車料金を払うまで止まらないのだ。

料峭《りょうしょう》やかもめと瞼閉づるとき

堀本裕樹

かもめと聴いて思い浮かぶ文学作品は、リチャード・バックの『かもめのジョナサン』か、チェーホフの『かもめ』あたりだろうか。

僕はここに寺山修司の一首である「人生はただ一問の質問にすぎぬと書けば二月のかもめ」をつけ加えたい。しかし、「ただ一問の質問」とはいったいどんな質問なのか。「あなたは生きるのか、それとも死ぬのか」という究極の質問が頭を過ぎる。普段平和な日本で安穏と暮らしている最中にこんな質問をされたら、「生きるに決まってるよ」と一蹴してしまうだろうが、人間がどうしようもない状況に追い込まれたときには果たしてどうだろう。重病に罹ったり、戦争や災害に巻き込まれたり、計り知れぬ失望や悲しみに襲われたりしたとき、おのれと徹底的に向き合わなければいけない場面に立たされたときにこそ、「あなたは生きるのか、それとも死ぬのか」の「ただ一問の質問」が現実味を増して胸臆に突き刺さってくる。寺山の「二月のかもめ」は、荒波の飛沫を浴びながら生死のあわいを縫うように飛ぶかもめに僕には見える。そういえば、『かもめのジョナサン』も『かもめ』も死の象徴のようにかもめが描かれている。

　さて、掲句のかもめはどうだろうか。

　期せずして「瞼閉づる」と死に繋がる表現になった。「料峭《りょうしょう》」は春の季語で、春風がまだ寒く感じられることをいう。「かもめと」一緒に自分も瞼を閉じて肌寒い風を感じている。その一瞬の死に通ずる恍惚感、かもめとの不思議な一体感は、引く波の音とともにたちまちのうちに吹き消されてゆくのである。

7

お題

唾《つば》

出題者

又吉直樹／芸人

三三歳・男性

文字に唾垂らしてこするなんとなくこれでも消えるような気がして

穂村弘

小学生のとき、ノートの文字を消そうとして唾《つば》を垂らして指でこすったことがあった。消しゴムがなかったのか。探すのが面倒くさかったのか。しまったと思ったときは、もう遅い。こすった跡は真っ黒に滲み、紙はぼろぼろになって、とても汚かった。いいことは何もなかった。あのときの絶望は忘れられない。それなのに、私はその後も何度も似たようなことを繰り返してしまった。きちんと消しゴムを探して文字を消す、という道を貫くことができない。消しゴムをちょっと探してみつからないと、途中で、これでもなんとかなるんじゃないか、と唾を垂らしてしまうのだ。行為自体よりも、その背後にある曖昧な希望的観測にどうしようもなさを感じる。心から思い知るということができない。そういう人間の人生には、ぼろぼろの滲んだ跡が点々と残ってゆくことになる。たまたま私のノートを開いてしまった人は、その跡を見て「これ、なに？」と不安そうに尋ねる。私は答えることができない。見たな。

青き踏む唾棄すべきことこなごなに

堀本裕樹

上京する十八歳まで、僕はことあるごとに近所の紀伊風土記の丘に登った。その丘には、紀ノ川平野に勢力をふるった豪族・紀氏との関わりが深い岩橋《いわせ》千塚古墳群が保存されている。園内とその周辺には八百五十基余りもの古墳が点在し、教科書にも載る貴重な史跡だ。

小学生だった僕には、そんな歴史のことなどどうでもよくて、冒険に値するわくわくする丘であった。友達とよくカブト虫やクワガタ虫を捕ったり、薄暗い横穴式石室に入って遊んだり、山桃の実を探したりしたものだ。中学生になるとあまり行かなくなり、高校生になると陸上部長距離に所属していた僕は、走り込みのためにこの丘の急勾配を登ったり駆け下りたりして脚力を鍛えた。また時には、一人丘の頂に立っては故郷の街並みを眺めながら、進学を機会にこんな狭い街を飛び出して東京に行くんだと静かに志を確かめた。

念願叶って上京してからも帰省した折には丘に登った。大学時代、フリーター時代、サラリーマン時代と東京での暮らしが変化しても、故郷に帰ると丘に登った。上京してからは都会の垢を払うような、唾棄したいことを解き放つような心持ちで登ることが多くなった。小学生の頃に感じたわくわくした気持ちはどこへいったのだろう。でも、僕がどんなに変わったとしても、故郷の丘は変わらない。ふるさとの丘はありがたきかなである。

季語は「青き踏む」。陰暦三月三日に野辺に繰り出し、草を踏んで宴を催す中国の習俗からきている。「踏青」ともいい、その日に限らず春の野山を散策する意味として使われる。

風土記の丘の春は、桜が咲き乱れて古墳を覆い尽くす草花の香りがなんとも芳しい。

8

お題

かわいい

出題者

名久井直子／装丁家

三八歳・女性

(かわいいな)(かわいくないや)(かわいいじゃん)(かわいいのかな)転校生は

穂村　弘

　隣のクラスに転校生が来たという。どんな子だろう、と気になる。でも、いろんな噂がごちゃごちゃに入り交じって、何がなんだかわからない。転校生って神秘的な存在だ。以前、「オール5の転校生がやってきて弁当がサンドイッチって噂」っていう歌をつくったことがある。昭和時代の小学生にとっては、弁当がサンドイッチっていうのはハイカラだった。転校生のお昼ごはんがピーナッツバターサンドだったのを見たときは衝撃を受けた。こ、これ、お菓子じゃん。私自身が転校生になったこともある。教室の前に立たされて、みんなの視線を一身に浴びながら、黒板に名前を書かれて紹介される。その間の、時がスローモーションで流れていくような感覚は、今もありありと思い出すことができる。土地によって、学校によって、文化が大きく違う。それを味わうのは転校生だけだ。ジャンケンの掛け声が違っていて驚いた。最初に通った相模原の学校では「ジッ・ケン・エス！」、二番目の瀬谷の学校では「ジス・コッ・ピ！」、三番目の名古屋の学校では「ジャ〜ン〜ケ〜ン・ポイ」。

山雀のかわいい舌よ春の宵

堀本裕樹

「山雀《やまがら》」と「春の宵」の二つの季語が入っているこの句の主なる季語は「春の宵」。春の夕暮れのあと、まだ夜の更けない頃をいう。

「かわいい」の兼題からすぐに浮かんだのが、山雀の小さな舌だった。山雀の舌など久しく思い出さなかったのに、はからずも不思議な連想をしたものである。

山雀はシジュウカラ科の鳥で芸達者で知られている。僕の飼っていた山雀もよく人になついていた。なぜ、そんなに山雀の舌を覚えているかというと小学生の頃、鳥籠の隙間に僕が舌を出すと、山雀のピーコがちょんちょんと近寄ってきてはその舌先をつついてくれたのだった。つつくとき小さなかわいい舌が現れる。そんなふうにしてよくピーコと遊んでいたのである。山雀とキスしたことのある小学生はめったにいまいと妙な自慢をしたくなるほど、僕はピーコのことが大好きだった。

その日はピーコのほうから積極的に僕と遊びたがり、キスも情熱的だった。普段以上にピーコは僕の舌先を何度もつついてきた。

「今日のピーコはえらい機嫌ええなあ」と父が笑った。

翌日学校から帰ると、涙目の母にピーコが死んだことを告げられた。鳥籠は空っぽだった。母が庭に埋葬したという。僕は昨日の機嫌のいいピーコを思い出した。信じられなかった。便所に駆け込んで泣きじゃくった。

仕事から帰ってきた父はピーコの死を知り、まだめそめそしている僕を見て、

「昨日のピーコは最後のお別れをしたんやなあ。ちっさい鳥でもかしこいもんや」としみじみとつぶやいた。僕は父の言葉を聴いて、また激しくしゃくりあげたのだった。

9

お題

挿入

出題者

荒木経惟／写真家

七三歳・男性

ちくわの穴にチーズ挿入したものを教卓に置き　みんなで待った

穂村　弘

小学校の時、そういうことがあった。給食に出たちくわにやはり給食の棒状チーズを挿入して教卓に置いたのは悪戯好きのU君だったけど、クラスの全員が、どうなることかと期待していた。担任は若い女の先生だった。彼女は教卓に置かれたものをみるなり、「これは何！」と叫んだ。「ちくわ」「ちくわ」「ちくわ」という囁きが教室に充ちた。先生は泣いて帰ってしまった。みんな、びっくりした。まさか泣くとは思っていなかったのだ。

あの後、どうなったんだったか、思い出せない。改めて考えてみると、「これは何！」に対して「ちくわ」という答は不正確だった。本当は「チーズ入りちくわ」だ。その「チーズ入りちくわ」が、大人になったらおつまみとして普通に出てくるから、あれっ、と思った。それどころか、胡瓜、カニカマ、ソーセージなども挿入されている。ぜんぜん誰も泣いたりしない。

挿入歌奏づるごとく若葉風

堀本裕樹

　アラーキーこと荒木経惟さんからいただいた兼題を聞いたとき、思わずニヤリとした。あまりにも荒木さんらしいではないか。

　間違いなく性的な意味合いを含んだ「挿入」を十七音にどう料理しようかと考えた。まともに受け取って、性的なイメージに引っ張られたくない。そんなことをしたら、荒木さんの写真に完璧に負けてしまうからだ。

　写真家からの出題とあって、今回は写真に負けない一句を作りたいと勝手に自分にミッションを課した。しばらく挿入、挿入と胸中でつぶやきながら考え続けた。荒木さんの尊顔がちらつくと余計、挿入という言葉の持つ破壊力に気づかされる。ある時、挿入、挿入……挿入歌！　と急に閃いた。そうか、挿入に「歌」の語がくっつくだけで、こんなに爽やかになるのか。それから、窓外の風の音を聞きつけたこともあって、初夏の季語である若葉風が思い浮かんだ。

若葉風は若葉のなかを吹き抜ける風である。僕は風に鳴る青葉若葉のざわめきが好きだ。まるで夏が始まる爽やかな挿入歌のようだから。森で葉ずれの音に包まれているだけで心地よい気分になる。

僕の大好きな映画「東京日和」も夏の風景が印象的だ。竹中直人監督のこの作品は、荒木さんと奥様の陽子さんの原作で、舞台は東京と福岡・柳川。作品のなかで流れる、大貫妙子さんの音楽もいい。切なくも眩しい夏の日を彷彿とさせる「ひまわり」という美しい曲はそよ風のようで、夏になると自然と口ずさみたくなるのだった。

10

お題

流れ

出題者

鏡リュウジ／占星術研究家

四六歳・男性

流れよわが涙、と空が樹が言った警官はもういなかったから

穂村 弘

『流れよわが涙、と警官は言った』というSF作品がある。作者はフィリップ・K・ディック。翻訳者は友枝康子。その本歌取りのつもりだった。ずいぶん昔に読んだので内容は忘れてしまったけど、初めて知った時から凄いタイトルだなあと思っていた。原題は「Flow My Tears, The Policeman Said」だから、「流れよわが涙」が文語で「と警官は言った」が口語という翻訳のセンスも光っている。今回改めてインターネットで調べてみたら、「流れよわが涙」という言葉自体は古歌にあるもので、その引用らしい。ならば、この短歌は本歌取りの本歌取りということになる。最初は原発事故によって無人になった避難区域のイメージで書いたつもりだったけど、改めて読んでみると、人類滅亡後の未来世界のようにも思えることに気がついた。そういえば、フィリップ・K・ディックには核戦争や放射能汚染を描いた作品も多くあった。特異な想像力が生み出したその世界に、いつのまにか我々の現実が近づきつつあるようだ。

わが胸へ流れ弾なす金亀虫

堀本裕樹

金亀虫《こがねむし》は、夏の夜の風物詩として幼い頃から親しんできた。故郷である紀州の家で夜中、窓を開けていると、電灯に向かって飛んできたりする。その羽音がなかなか凄まじい。一瞬、ハッとするほどの唸りを発する。かなぶんとかぶんぶん虫とかの別称も納得である。

電灯にバチンとぶち当たったかと思うと、しばらくぶつかり続けるやつもいれば、急に勢いをなくして床や机に落ちてしまうやつもいる。正体がわかると、「なんだ、金亀虫か」と安心するのだが、羽音だけだと何か不穏なものを含んでいるように聞こえるのだ。

金亀子擲つ闇の深さかな　　高浜虚子

この句は家中に飛び込んできた金亀虫を投げ捨てる場面である。注目したいのが「闇の深さ」だ。明治四十一年に詠まれた当時は、日常に「闇の深さ」があったのだろう。だが、当世では山深い田舎であればいざ知らず、都会やベッドタウンでは真の闇は真夜中であっても見受けられない。必ず街灯や店舗の灯りがある。森や林の減少により、金亀虫が飛んでくるのも稀であろう。そう考えると、虚子の句に詠まれた状況を肌で感じて理解できる人は、どんどん減りつつあるともいえる。金亀虫との些細な触れ合いであるが、この句のような経験も大事ではないかと思う。

さて、僕の句だが電灯に向かわずにたまに流れ弾のように人間に向かってくるやつもいる。また、田舎でバイクに乗っていると、運転中の軀やヘルメットに金亀虫が正面衝突してくることもあり、そんな場面を詠んでみた。金属っぽい光沢の金亀虫の飛び様はまさに弾丸のようである。

11

お題

カルピス

出題者

高橋久美子／作詞家・作家

三二歳・女性

虫籠にみっしりセミを詰めこんでカルピス凍らせた夏休み

穂村　弘

昔は多くの家庭の冷蔵庫にカルピスが入っていた。友達の家でカルピスを飲むと、濃かったり薄かったりして、あれ？　と思うことがあった。家庭ごとにカルピスの濃さについての基準がちがっていた。やがて、いつの頃からだろう、カルピスを飲む機会が減っていった。カルピスウォーターという姿で再会した時は懐かしくて、しばらくそればかり飲んでいた。そのカルピスウォーターにも飽きてしまった。子供の頃は時間の流れ方がちがっていた。当時の私は虫籠いっぱいのセミを捕まえたり、カルピスを凍らせたりしていた。今はどちらもしない。あのセミたちはどうしたか、凍らせたカルピスはおいしかったか、思い出せない。或る日、友達の家で遊んでいたら、カルピスの氷の入ったカルピスが出てきてショックを受けた。あ、これ、氷が溶けても薄まらないんだ。凄い。確かに私もカルピスを凍らせた。でも、それはカルピスのアイスを食べようと思っただけで、こんなことは考えもしなかった。虫籠いっぱいのセミもただ集めてしまっただけだ。

カルピスの氷ぴしぴし鳴り夕立《ゆだち》

堀本裕樹

子どもの頃、夏場によく飲んだのが砂糖水とカルピスだった。砂糖水は夏の季語になっているが、今のご時世、水に砂糖を溶かしただけのこの至ってシンプルな飲み物を飲んでいる家庭などあるのだろうか。いつでも簡単に作れる砂糖水を遠く懐かしいものとして感じるのは、なんだか不思議でもある。

砂糖水を作らないときは、冷蔵庫にカルピスが入っているときだった。砂糖水も美味しいが、あのまろやかな甘みの乳酸菌飲料には敵わない。学校から帰ってきて、虫取りから帰ってきて、草野球から帰ってきて、魚釣りから帰ってきては、カルピスを作って飲んだものだ。コップに氷を入れて、とろとろとカルピスを注ぐ。すると、ぴしぴしじじじと氷が鳴り出す。喉がすごく渇いているときは、水で薄めてかき回すのももどかしい。あっという間に一杯目を飲み干すと、二杯目は少し落ち着いて作ることができた。

この句はそんなカルピスを作った折の一場面である。不意に雲行きが怪しくなり、急いで家に帰ってくると、案の定激しい雨が戸外を叩きはじめた。夕立である。その雨音とカルピスの氷の音が入り交じって、耳に優しかった。今思うと、幼かった僕は何か大きなものに包まれた安心感のなかで、カルピスをごくごく飲んでいたように思う。

ちなみにこの句では、夏の季語である「夕立」を「ゆだち」と読む。字余りを避ける意味合いもあるが、「ゆだち」と縮めて読んだほうが急雨の勢いが増すのである。

12

お題

謀叛《むほん》

出題者

北村 薫／作家

六四歳・男性

どろどろのバナナの皮を抱きしめて猿が謀叛の夢をみている

穂村　弘

　もともとの意味はちがったらしいけど、今「謀叛《むほん》」といったら、自分よりも上の存在に対する叛逆のイメージがある。ということは、組織や集団における上下関係が前提になっているわけだ。戦国武将とか会社員とか。そういえば先日、本能寺の変に関する重要な新資料が発見された、というニュースを見た。織田信長に対する明智光秀の「謀叛」の理由が、より明確に浮かび上がる可能性があるとか。気になる。集団における上下関係といえば「猿」もそうだな、と思った。作中の「猿」はボスの座を狙っているのかもしれない。だが、私自身には、その気持ちがいまひとつぴんとこない。ボスになれなくても「バナナ」があったらそれでいいじゃん、と思ってしまうのだ。でも、「バナナ」の中身をいつもボスに食べられてしまったら、どうだろう。皮しか貰えないのだ。食い物の恨み。それならちょっとわかる。いや、もしかしたら「猿」の集団の話じゃなくて、霊長類のトップに君臨する暴君すなわちヒトへの「謀叛」って可能性もあるなあ。

炎天の校区飛び出す謀叛かな

堀本裕樹

小学生の頃、校区外なるものがあった。和歌山の田舎の学校に通っていた僕らには、校区外には子どもだけで行ってはいけないという厳しい御触れが先生から出ていたのだ。

普段は近所の野山を駆け回ったりして自然のなかで遊んでいるのだけど、それらに飽きると、「なあ、ちょっと校区外へ遊びに行けへんか？」とT君が囁き出すのだった。

校区外という言葉そのものに魅惑的でどこか悪い響きがこもっていた。先生に「行ったらあかん」と注意されていただけに、よけいに行きたくなる。T君とT君の弟のY君と僕は、どきどきしながら自転車で校区を抜け出した。小学三、四年生くらいだったか。

向かった先は、国鉄の和歌山駅である。国鉄！　そう、あの頃はまだ国鉄だった。駅に自転車を留めると、本屋に行った。立ち読みならぬ座り読みをするためだ。冷房の効いた店内の床に坐り込んで、『うしろの百太郎』や『恐怖新聞』を熟読する。つのだじろう先生が大好きだった。たまに店員が来て睨んでくるが、気にせず読み耽った。やがて、読み疲れて夕暮れになると、家に帰った。途中、喉が渇くと「メローイエロー」とか「つぶつぶオレンジ」を自動販売機で買って飲んだ。

昼間の炎天の力は衰え、遠くの入道雲が夕日に輝いていた。まるで入道雲を目指すように自転車を全力で漕いだ。小さな謀叛《むほん》を達成した満足感が僕らを心地よく充たしていた。

今では先生の注意もとっくに時効となり、校区も県境も遥かに飛び越して東京で暮らしている。

思えば遠くへ来たもんだ、なあ。

13

お題

たしなめる

出題者

柴崎友香／作家

四〇歳・女性

なめくじにトマトケチャップかけてたらたしなめられて恋に墜ちたり

穂村　弘

「なめくじ」に塩をかけると溶ける、というのは本当か。砂糖ではどうか。醬油では、ソースでは、「トマトケチャップ」ではどうだろう。小学生の頃、夏休みの自由研究のために、そんな実験をしたことがある。今から考えてみると、この実験にはいろいろな問題点があった。

・残酷
・食べ物を粗末にしている
・気持ち悪い

だが、私を止める者はいなかった。両親がいない時間にやっていたし、「なめくじ」との関係においては私は神のような存在だった。「なめくじ」は自分の身に何が起きたのか、まったく理解できなかっただろう。ところが、或る日、神であるはずの私の暴走を止める者が現れた。近所に住んでいた同級生のサイレンジアキコちゃんだ。「そんなことしちゃだめ」。たしなめられて、私は彼女のことが好きになってしまった。

瞑目を窘められてジャズ暑し

堀本裕樹

大学を卒業してからも正業に就いたり就かなかったりしてふらふらしていた時期が長かった。二十代後半になっても行く末が全く見えなかった。東京の暮らしに疲れて故郷に逃げていた頃、原付バイクで田舎道を飛ばしていると、喫茶店らしきログハウスがたまたま眼に留まった。思い切ってその扉を開けると、ジャズが大音量で押し寄せてきて僕の全身を包み込んだ。流れていたのは、デビッド・マレイのアルバム『Octet Plays Trane』。その祝祭的な音の洪水は、不意に僕を思いきりぶん殴ってきた。ジャズとの出合いだった。

そのジャズ喫茶に出入りするようになってから、初めてライヴを聴いた。ピアノ、ドラム、ベースのトリオだった。僕は１ステージを眼を閉じて聴いていた。眼を閉じて聴いたほうが、音楽に集中できると思ったからだ。

１ステージが終わった休憩時間にマスターから、「堀本くん、さっき眼ぇつぶって聴いてたやろ?」と訊かれた。頷いた僕に、「ライヴちゅうのは、音だけが表現やないねん。

楽器弾いてるときのミュージシャンの表情とか身振り手振りも全部ひっくるめて表現や。そやから眼つぶったらあかん。もったいない。2ステージめはしっかり眼ぇ開けて聴いてみなはれ。あと、メロディだけで聴いたらあかんで。ジャズはビートで聴くもんや」。

マスターのアドバイス通り、2ステージめは眼を開けて聴いた。渾然一体となったトリオの肉体が眼の前で躍動していた。その肉体と楽器とがぶつかり音楽を放っていた。

夏の夜の暑さがビートに震え、ピアニストが狂ったように肘で鍵盤を叩き出すと何か叫んだ。

14

お題

ゆとり

出題者

朝井リョウ／小説家

二五歳・男性

『「ゆとり世代」が職場に来たら読む本』を立ち読みしてるランドセルの子

穂村 弘

私の世代は新人類と呼ばれていた。バブル期に就職活動をしたんだけど、いくら売り手市場でも売れないものは売れない。「ここは週休二日だから楽そうだ」と思ってガス会社を受けたら、面接官に第一声で「週休二日だから楽そうだと思って来たんじゃないの？」と云われて絶句してしまったことがある。図星を指されて嘘を吐けるほどの気力はない。でも、相手はそこを見ている。やりとりの内容自体ではなくてメタレベルの反応が問題なのだ。と理解していても、模範解答を暗記するようにはコントロールできないから、結局はおなじことだ。面接をする側になったこともある。小さなソフトハウスで十年間、新人の採用を担当していた。でも、学生のキャラクターにそれほどの変化は感じなかった。ただ、リクルートスーツや髪の毛の色は年ごとに変わってゆく。学生に与えられる就職情報が毎年少しずつ違っていたようだ。一年ごとに会社の好みの服装や髪型が変わる筈がないから、もちろん採用側の意向ではない。よくわからないけど、その方が都合がいい誰かがそうしていたのだろう。

秋扇のゆとりや時に海指して

堀本裕樹

映画「グラン・ブルー」の主人公のモデルになったジャック・マイヨールは、夏の休暇を佐賀県唐津で毎年過ごしていた時期があったという。一九三四年、七歳のマイヨールが生まれて初めてイルカと出会ったのが唐津の海の中だった。素潜りをしていたマイヨールにイルカが近寄ってくると、目と目が合ったという。イルカは明らかに魚ではなく、子供心にも「仲間」だと思った、と後に自著『イルカと、海へ還る日』で述懐している。

「グラン・ブルー」が好きで何度も観ている私には、マイヨールが日本の海で初めてイルカに出会ったというエピソードは嬉しい。フリーダイバーとして有名になってからもマイヨールは伊豆の禅寺に通って、海中で息を長く止めるための精神修養をしたという。

マイヨールは千葉県館山市に別荘を持っていたくらい親日家だから、きっと扇も使ったことがあったのではないか。秋になっても使う扇を秋扇《しゅうせん》というが、それをゆったりとあおぐマイヨールの佇《たたず》まいもいいではないか。

私はこの句を作ってから、なぜかそんなたわいもないことに思いを馳せて、マイヨールがたたんだ扇を持って、遥かな沖を指す場面を想像してみたりした。人類で初めて酸素ボンベを付けない素潜りで、水深一〇〇メートルを達成した男、イルカに最も近い人間といわれたマイヨールは、海中の真っ青な世界へいったい何を求めて深く潜ったのだろうか。

二〇〇一年十二月二十二日、イタリアのエルバ島の自宅でジャック・マイヨールは自殺した。遺骨はトスカーナ湾に散骨され、イルカの泳ぐ海へと還っていったのだった。

15

お題

黒

出題者

千田朝子／小学生

一二歳・女性

水泳の後の授業の黒板の光のなかに溶ける文字たち

穂村 弘

プールの後の授業は眠かった。体がなんだかもわもわして力が入らない。先生の言葉にまったく集中できない。しかも、角度のせいか黒板が光って、そこに書かれた文字が読みにくい。顔の位置を動かしても、目を細めても見えない。そして眠い。前の席の何人かの頭がぐらぐら揺れている。机につっぷしてしまった者もいる。僕たちは、僕は、永遠に何かに届かない。だって、こんなに眠くて、もわもわして、文字が見えなくて、駄目なんだ。気がつくと、ノートに蚯蚓《みみず》がのたくったような記号が描かれていた。

大人になった今も、台風が近づいたりすると、気圧の関係なのか起きていられないほど眠くなることがある。というか、三日に二日くらいそうなのだ。馬鹿な。そんなに来ないだろう、台風。じゃあ、この眠みはなんなんだ。いつもまとわりついている。あの時、一緒に水泳をして、一緒に眠かったみんなは、今、どこでどうしてるんだろう。いつの間にか、周りには誰もいない。僕は、今も進行形で、永遠に何かに届かないつつあるみたいだ。

点猫の黒猫の眼の夜寒かな

堀本裕樹

出題「黒」からふと閃いたのが「黒猫」で、それからなぜか「点描」の言葉が思い浮かぶと、あっという間に句ができた。季語もするりと「夜寒」が出てきた。秋の夜分に感じる寒さのことをいう。稀に、天から降るように脳裏を十七音が駆け抜けるときがある。

黒猫の句を作ったのだから、エドガー・アラン・ポーの短編「黒猫」でも読まねばと思い立った。恥ずかしながら、名作の誉れ高い「黒猫」のタイトルは前から知ってはいたものの、これまで読んだことがなかった。

「黒猫」を読みはじめると、「わたし」の妖しい語りに惹きつけられていった。「わたし」は子どもの頃から「素直で思いやりのある性格」で、両親に与えられたペットも惜しみなく可愛がる少年だった。結婚してからも妻といろいろなペットを飼い、プルートーと名づけた黒猫も「わたし」によくなついていた。

けれども「わたし」は酒乱に冒され、性格が一変してしまう。暴力を振るうようになり、しまいには気に障った黒猫の片眼をナイフでえぐり取る狂気に走る。狂気は留まるどころか、エスカレートすると、ついに木の枝に黒猫を吊し上げて虐殺してしまうのだった。

その晩に「わたし」の家が火事になる。残された漆喰の壁に浮かび上がった絵は首に縄を巻き付けた「巨大な猫のすがた」だった。

僕はこの一連のくだりを読みつつ、背筋が寒くなった。自句との類似に驚いたからだ。漆喰の壁だから点描のようなタッチに違いない。片眼と眼も符合している。時間帯も夜である。偶然といえばそれまでだが、僕は今まで二度、奇妙な句作りをした経験があるので、黒猫の句を加えて三度目と数えたい。

16

お題

水際

出題者

中江有里／女優・脚本家・作家

四〇歳・女性

水際の郵便ポスト　満ち潮になれば口ぎりぎりまで水が

穂村　弘

富士山に登った時のこと。山頂に郵便ポストがあったので驚いた。みんな嬉しそうに葉書を出している。調べてみたら、なんと一九〇六年に設置とのこと。百年以上前からあったのか。じゃあ、と思った。海辺にも郵便局はあるのだろうか。たぶん、ないんだろうな。だって、富士山とちがってメリットがない。波打ち際にぽつんとポストが立っていたら目を疑うだろう。潮の満ち引きもちゃんと計算しなくてはいけない。満ち潮の時に、ポストの口よりも水位が上がってしまったら、そこから水が流れ込んでくる。中の郵便物は滅茶苦茶だ。だから、口ぎりぎりのところでちゃんと止まるように考えられているのだ。ただ、満潮時に手紙を出すには、浜辺で服を脱いで、そこまで泳いでゆくしかない。クロールとか平泳ぎとか個人メドレーとか。辿り着いたら、防水ポーチから手紙を取り出してカチャンと投函する。手紙はポストの中、すなわち海中に落ちてゆく。はあはあ云いながら、ポストの上でしばらく休んでいると、こっちに向かって泳いでくる人がいる。平泳ぎで、葉書を口に銜《くわ》えて。

冬蜂や風に水際立つ少女

堀本裕樹

六本木ヒルズの三十五階の会社に、二年ばかり勤めたことがある。企業の出版局でライターとして、広報誌やパンフレットやチラシを制作していた。〝ヒルズ族〟という言葉がもて囃され、ライブドア全盛の頃だった。

僕は週五日乃木坂駅で降りると、六本木トンネルの歩道をくぐり抜けて、銀色に煌めく馬鹿でかいビルディングへと向かった。

その日は風の吹く寒い朝だった。乃木坂駅を出て、すぐ近くに聳え立つ森ビルを一度も仰ぎ見ることなく、俯いて歩いた。いつもより早い出勤だったので人はまばらだった。

六本木トンネルに入る手前で、僕はふと足を止めた。道端に蜂を見つけたのだ。動かないように見えたが、じっと見ているとのろのろ歩いていることがわかった。故郷の田舎ではよく冬の蜂を見かけたが、東京では珍しい。しかもここは六本木である。しばらく蜂を見ていた。蜂の翅は風に吹かれて微かに震えていた。蜂の歩く先には死がある。まるで

「城の崎にて」の「自分」のような眼でその蜂を観察し終えると、僕はまた歩き出した。

六本木トンネルの途中で、少女が撮影されていた。ここはドラマや雑誌の背景としてよく使われる場所だから、カメラマンとレフ板を持った助手とモデルがいても驚くことはない。遠目からも少女はすらりとして美しかった。そばを通り過ぎるとき、僕は少女を見た。Pコートの少女は少しも寒そうに見えず、ショートカットを風に靡かせて微笑んでいた。

僕はトンネルをくぐり抜けると、その日初めて六本木ヒルズを見上げた。その無機質に輝く窓ガラスの羅列に、さっき見た冬の蜂と少女の笑顔をコラージュしてみた。

17

お題

ぴたぴた

出題者

谷川俊太郎／詩人

八三歳・男性

あわあわの喉にぴたぴたあてられてすべりつづける刃よねむくなる

穂村　弘

床屋さんに行っていた頃、剃刀で顔を剃られていた。そのたびに睡魔に襲われる。店内のテレビの笑い声が遠ざかったり近づいたりする。その時の自分は、ものすごく死に近づいているはずなのに、眠くなるのは何故だろう。ぴた、しゅー、ぴた、しゅー、というリズムのせいか。床屋さんを養成する学校では、風船にシャボンを塗って剃る練習をするというのは本当だろうか。でも、いくら技術が完璧でも、床屋さんが急に心臓発作を起こしたりしたら、こちらもたいへんなことになるだろう。

このところ、ずっと美容院なので、頬や喉に剃刀を当てられる感覚を久しく味わっていない。国の決まりで床屋さんは顔を剃ってもいいけど、美容師さんは剃れないらしい。美容院にも男性の客もたくさんいると思うんだけど、美容学校には風船剃りのカリキュラムがないからかなあ。もしかすると、もう二度とあの奇妙な睡魔を味わうことはないのかもしれない。

ぴたぴたと子が来てごまめ鷲掴み

堀本裕樹

お節料理はさまざまな縁起物に彩られるが、ごまめもその一つである。

ごまめとは小さなカタクチイワシの素干しであり、正月料理としてはそれを炒って醤油や砂糖やみりんを煮詰めて絡めたあめ煮が定番だ。「田作」ともいわれ、田植えの祝い肴にされたからだとか、田畑の肥料に用いられたからだとかの由来がいくつか見受けられた。ごまめの漢字も「五万米」「五真米」「御健在」などの当て字が見られ、昔から豊作や健康を祈願して食べられてきたようである。

今回、ごまめを調べていると、二つの慣用句に行き当たった。

一つは「鱓《ごまめ》の魚交《ととまじ》り」。『広辞苑』によると「つまらない者が、不相応にすぐれた人の間にまじること。雑魚の魚交り」。もう一つは「鱓の歯軋り」で、「力のない者が、いたずらにいきりたつこと」という意味らしい。この二つの慣用句からも判る通り、ごまめは取るに足りない、ひ弱なものとして扱われている。これは海の中で泳いでいるイワシ、つまり命あるときのごまめであろう。しかし、これが命を失い干され、ひとたび料理になると、急に人々に珍重されて縁起物になったりする。

生死を境にして、こんなにも扱いの変わる魚も珍しいのではないだろうか。そう考えると、一抹の哀れさえ覚えるのである。

さて、ぴたぴたの句は無邪気でありながら、幼き暴君ともいえるふるまいを詠んでみた。この子にとってごまめは縁起物でも雑魚でもない。とにかく口に入れてみたい「なんだ、これは?」という好奇の対象なのである。

18

お題

背骨

出題者

菱刈チカ／整体師

三〇歳・女性

ねむれ風　ねむれ太陽　めざめるな
プールサイドに列ぶ背骨よ

穂村　弘

少年や青年を見ると、反射的に「嗚呼、まだどこも傷めたことがない体の持ち主」と思うことがある。変な感想だろうか。でも、或る年齢以上の人は、ほとんどが腰とか膝とか首とかを傷めたことがあるんじゃないか。私も、ベンチプレスで背中を傷めていた時に、くしゃみをしたら地面に両手をついてしまったことがある。驚いた。どうして、自分が四つん這いになっているのか、わからない。時間が駒落としになったみたいだ。それ以来、くしゃみをする時には周囲の人やモノに摑まる癖がついた。いつのまにこんなに時間が流れたんだろう。

掲出歌は、水泳の授業のイメージ。〈今ここ〉の眩しさを、永遠に無傷のまま留めたい、という衝動を詠っているんだけど、でも、本物の少年はそんなことは決して思わないのだ。学校の「プールサイドに列ぶ背骨」は、その持ち主が代わるだけで、いつまでも無傷のままだ。

湯ざめして背骨の芯のありどころ

堀本裕樹

普段、骨を意識して生活することはあまりないだろう。僕が今まで一番、骨を意識したのは、中学生のあのときであった。

陸上部長距離に所属していた僕は、部員とともに校内を何周も走っていた。自転車置き場を走っているときのことだ。僕の目の前を走っていたY君が、置き場を区切る鉄の棒に突然摑まったかと思うと、ポールダンスをするようにくるりと一回転した。

僕は不意を衝かれて、足に急ブレーキをかけたのだが勢い止まらず、Y君の回転に突っ込んでいった。そのとき、Y君の回転してきた膝が僕の脇腹にまともに入ってしまった。

一瞬「ウッ！」と呻いた僕は息ができなくなり、脇腹を抱えてその場にしゃがみ込んだ。Y君はおろおろして「大丈夫か？」と何度も繰り返し、やがて僕も「大丈夫、大丈夫」と言いながら立ち上がると、ふたたび走りはじめたのだった。それから普段通りに過ごしていた。が、どこかおかしい。

ニードロップ的打撃を受けた脇腹のあたりの痛みがなかなか取れないのだ。一五〇〇メートルが専門だった僕は、脇腹の違和感を抱えながらも大会に出場した。結果はいまいちだった。これはおかしいと強く思いはじめて父に相談すると、とりあえずレントゲンを撮ろうということになった。幸い父はレントゲン技師だったので、すぐに撮ってもらった。

結果、肋骨にひびが入っていた。膝を喰らってから一ヶ月もの間、毎日のように走り続け、おまけに大会にまでよく出場したものだと思った。ひびを知ってからコルセットを巻くと、骨を意識する暮らしが治るまで続いた。

冬の季語「湯ざめ」は背骨を意識させる。

19

お題

四十八

出題者

道尾秀介／作家

三九歳・男性

ＡＫＢ48が走り出す原子炉の爆発を止めるため

穂村　弘

四十八、四十八、四十八、といえばなんだろう。相撲の決まり手や体位を思い浮かべたけど、どう短歌にしていいのか、アプローチが見えない。堀本さんの俳句を読んで、あ、滝があったか、と気がついたけどもう遅い。ますます焦る。死者があの世へ旅立つまでの日数は四十九で一日多いし、討ち入りの赤穂浪士は四十七で一人足りないし、やはり、ここは彼女たちに頼るしかないか。

二〇××年、原子炉に爆発の危機が迫った。その時、敢然と立ち上がった者たちがいた。鍛え抜かれた心と体。さらに、全国各地でたくさんの人々と握手を交わして、その魂を受け取った日本最強のチームである。時計の針は無情に進んでゆく。残された時間は少ない。往《ゆ》け、ＡＫＢ48、走れ、ＡＫＢ48、跳べ、ＡＫＢ48、人と獣と虫と花と樹と山と河の命を守るため。という空想。

角落ちて四十八滝鳴りやまず

堀本裕樹

大学時代、高校のときの陸上部仲間が故郷の和歌山に集まって、「那智の滝を見に行こう！」と急に盛り上がったことがあった。それで和歌山市から那智勝浦に向けて夜中の道を車二台で南下していった。カーステレオからはｃｌａｓｓの「夏の日の１９９３」とかＷＡＮＤＳの「愛を語るより口づけをかわそう」とかＺＡＲＤの「揺れる想い」とかが流れていた。曲名を並べるだけでも恥ずかしいくらい典型的な当時の大学生である。

県内のドライブとはいえ、和歌山は広い。紀伊半島の海岸線に沿った国道を数時間かけて南へ南へと車を飛ばした。夏だったので車窓を開け放ち、夜の海を沖に浮かぶ漁火を見つめながら、疾駆する風を頬や髪に浴びた。

那智の滝に着いたのは深夜だった。辺りは闇夜である。車から降りると、みんな大げさな伸びをした。しかし、着いたのはいいが肝心の那智の滝が見えない。当たり前である。たぶんみんなそんなことはわかっていたけれど、「那智の滝を見に行こう！」を口実にして、ただドライブをしたかっただけなのだ。

　僕はそれでも那智の滝をひと目見たかったので、飛瀧神社の鳥居の前に立った。すると、鳥居の奥の真闇の向こうから、両耳を押しつぶすような、ごうおおおおおおおおという凄まじい水の音がどよめき迫ってきた。僕は恐怖で一歩も境内に入れなかった。御神体である一の滝の爆音に気圧されたのである。

　那智の原生林には滝籠修行の行場「那智四十八滝」がある。那智の滝はその一番目の滝だ。春に牡鹿から抜け落ちた角のことを「落し角」というが、鹿の角が生え替わっても滝の流れは変わらず鳴りやむことはない。

20

お題

放射能

出題者

新妻香織／

相馬市議会議員
東北お遍路プロジェクト理事長

五四歳・女性

放射能を表す単位ベクレルの和名すなわち「壊変毎秒」

穂村 弘

東日本大震災とそれに伴う原子力発電所の事故を経験するまで、私は「ベクレル」という言葉を知らなかった。ウィキペディアによると「ベクレルという名称は、ウランの放射能を発見しノーベル物理学賞を受賞したフランスの物理学者アンリ・ベクレルに因む」ということらしい。へえ、と思う。人名だったのか。それ以外にも、シーベルトとかキュリーとかグレイとか、放射能関連の単位は人名が多い。「ベクレル」の数値が大きくなると単位も変化してゆく。キロベクレル、メガベクレル、ギガベクレル、テラベクレル……、こうなってくると人名って感じがしなくなる。そして、「ベクレル」以前に使用されていた言葉は「壊変毎秒《かいへんまいびょう》」とのこと。随分印象がちがうなあ。「放射性物質が1秒間に崩壊する原子の個数（放射能）を表す」らしいけど。「壊変毎秒」という文字をじっと見ていると、なんだか怖い気持ちになってくる。

放射能浴びたる千の亀鳴くや

堀本裕樹

二〇一一年三月十一日、東日本大震災が起こったその時、僕は中央線に乗っていた。日野から八王子に何事もなく電車は進んでいた。が、突然電車が異常な揺れに襲われた。一瞬、脱線したのか、と思った。

車窓から見える電信柱がぐらぐら揺れていた。電線が無茶苦茶な縄跳びのように撓《しな》っていた。余震が続き、車内にしばらく閉じ込められた。メールは通じなかった。

手持ちの通信手段で生きていたのはツイッターだけだった。大きな地震があったらしいというツイートが流れていた。余震で電車が揺れるたびに乗客がざわついた。運転再開の見込みのない車両からやがて乗客は解放され、八王子駅に向けてぞろぞろ歩きはじめた。

八王子駅は人で溢れていた。どうにかして自宅に帰ろうとする人々で混雑していた。電車は動かないので、タクシー乗り場に長蛇の列が出来ていた。僕も並んだ。タクシーを必死にさばいている男がいた。

大声で「町田！　町田方面！」と叫んでいた。同じ方面に向かう人を組み合わせて、効率よく乗車させるのだ。相乗りさせることで少しでもタクシーの回転を早める計算だった。

ようやく僕も相乗りのタクシーで、自宅に帰った。本棚の本が放り出されて散乱していた。テレビを付けた。津波の映像と福島第一原発事故の切迫した模様が繰り返し流れていた。その日から「放射能」という言葉が日常に喰い込んできたのだった。

亀は実際には鳴かない。和歌を典拠とした空想的な季語である。俳人は「亀鳴く」に浪漫性を見出して句作りすることが多い。僕の放射能の句はただ不気味なだけだ。

21

お題

夢精

出題者

ビートたけし／コメディアン 映画監督・俳優

六八歳・男性

「自慰」は出るされど「夢精」は永遠に出ないスマホの漢字変換

穂村　弘

　スマートホンで文字を打っていると、漢字変換に謎のバイアスがかかっていることに気づいて、あれっと思う。例えば、「自慰」は出るのに「夢精」は出ない。また、「強姦」は出るのに「和姦」は出ない。私の語彙の使用頻度をスマートホンが学習したのか。それとも辞書作成者の判断に基づいているのだろうか。確かに、どちらにしても結果は同じになりそうだ。つまり、我々の世界においては「夢精」よりも「自慰」の方が、「和姦」よりも「強姦」の方が、言葉としての使用頻度が高いんじゃないか。「夢精」と「和姦」の世界の方が平和そうなんだけど。なんとか「夢精」に辿り着くために「ゆめ」変換「夢」、「せいし」変換「精子」、「子」を削除、「和姦」に辿り着くために「わしょく」変換「和食」、「食」を削除、「かしましい」変換「姦しい」、「しい」を削除、というプロセスを踏んだ。今回の短歌の「出る」「出ない」には、一種の掛詞というか、射精のイメージをこめたつもりだ。

明易きまぼろしの手に夢精かな

堀本裕樹

「夢精」という兼題を聞いて、これは難題だぞと頭を悩ませていたのだが、不意に思い出した小説に触発されて一句閃いた。中上健次の初期短編「愛のような」である。

主に一九六〇年代に書かれた短編から成る作品集『十八歳、海へ』に収録されたこの小説を、僕は高校時代に初めて読んだ。その後本書を何度か読み返しているが、青春の鬱屈と血の滾りと遣る瀬無さはいつまでも瑞々しく輝いたまま、色褪せることがない。

「愛のような」には、主人公の「僕」を発情させる〈あいつ〉と呼ばれる人間の右手首が登場する。「あの愛すべき怪物、あの奇妙な生きもの、手首と手のひらと五本の指だけの奇怪な僕のペット」である〈あいつ〉は、「僕」の性欲を充たしてくれる存在だ。「僕」は彼女がいるにもかかわらず、部屋に棲み着いた〈あいつ〉の愛撫に異常な快楽を覚える。眠っている「僕」にさえ〈あいつ〉は忍び寄り、「訳のわからない凶暴で血の臭いのする夢」を見る「僕」を射精に導くのだった。

ゴーゴリの「鼻」や川端康成の「片腕」を彷彿とさせる幻想譚でもある「愛のような」には、六〇年代を背景にしたスト決行中の大学や新宿のモダンジャズ喫茶店が出てくる。当時の新宿は中上さんやビートたけしさんにとって青春の場であった。「夢精」から「愛のような」に連想が飛んだが、後になってビートたけしさんと中上さんが親交のあったことに思い至った。不思議な連想をしたものである。

夏の夜は短いので「短夜」「明易し」という季語になっている。夢精は思春期に多いというが、どこからともなく現れたまぼろしの手によって導かれているとしたら恐ろしい。

22

お題

客

出題者
柳本あかね
／
お茶とお酒「茜夜」店主
四六歳・女性

「店員」と胸に書かれたTシャツを着ているけれど客なんだって

穂村弘

いろいろな文字が胸に書かれたTシャツを見た。「山羊座」「AB型」「長男」「ラーメン屋」「美女」「童貞」「嘘つき」「社長」「犯人」などなど。山羊座の人が「山羊座」のTシャツを着るのだろうか。私には「歌人」のTシャツを着て町を歩く勇気はない。堀本さんは「俳人」を着られるだろうか。もう持ってたりして。

蠍座の人が「山羊座」のTシャツを買おうとしても、拒否されることはないだろう。つまり、胸に書かれた言葉を真に受けることはできないのだ。長男が「次女」のTシャツを着ているかもしれない。A型の人が「AB型」のTシャツを着たまま事故にあって、現場が混乱するところを想像する。

店員と客の区別がつきにくい店というものがある。紛らわしくてどきどきする。店員は全員「店員」と胸に大きく書かれたTシャツを着て欲しい、と思ったことがあった。

客塵といふ塵あふぐ扇かな

堀本裕樹

小学生の頃、土曜日の授業が終わると、走って家に帰った。テレビで「吉本新喜劇」を観ながら、お好み焼きを食べることが楽しみだったのだ。その頃の新喜劇には、花紀京、岡八郎、船場太郎、桑原和男と一癖も二癖もある華々しい役者が揃っていた。ここに木村進、間寛平、池乃めだかが加わると、もうどえらいおもろいドタバタ喜劇となった。

そんな喜劇役者たちが次々に繰り出すお決まりのギャグに笑いながら、豚バラ肉を乗せた熱々のお好み焼きを食べた。思いきり関西の子だったわけだが、東京に住んでいる今でも急に、「粉もん」が食べたくなるときがある。お好み焼きやたこ焼きが「食べたてしゃあない」状態に陥ってしまうのだ。

毎月「いるか句会」を開いているが、その二次会の居酒屋でも必ずたこ焼きを注文するし、家の近所でも粉もんがすぐに食べられるように美味しいお店はチェック済みである。「三つ子の魂百まで」とはこのことだ。

粉もんを食べたい欲という点でいえば、「煩悩の犬は追えども去らず」ともいえるかもしれない。追っ払ってもどこまでも付いてくる犬のように、粉もんを欲する気持ちが幼い頃から胸に巣くっているのである。

煩悩は犬にたとえられたり、細かくたくさんあることから、塵にたとえられたりもするようだ。煩悩の塵が、外から客が訪れるように心に付着することから「客塵」という言葉が生まれた。涼をとるために扇をあおぐことは煩悩を充たす行為なのか、それともまた別の煩悩を紛らわして振り払う行為なのか。煩悩だらけの僕には、どう説明していいやらわからない。

23

お題

塗る

出題者

堀江敏幸

／

作家・フランス文学者

五一歳・男性

三人の官女をみればひとりだけその歯の黒く塗られていたり

穂村　弘

先日、或るところで、私は一度もお雛様を飾ってもらったことがない、という内容の短歌を見かけた。新鮮だった。何故なら、その作者は男性だったのだ。いや、だって、それは普通そうだよね、と思いつつ、その感覚に惹かれた。同じ歌でも、詠み手の性別によって意味が大きく変わることがある。この場合も、仮に女性の歌だったら、ニュアンスが違ってくると思う。普通は飾ってもらえることが前提になるからだ。

私も一度もお雛様を飾ってもらったことがない。姉も妹もいない。だから、三人官女の中の一人は眉を落としてお歯黒をしている、ということを知ったのは最近だ。お店などに飾ってあったとしても、そこまで顔を近づけて見ないからなあ。三人の中で、その人だけが結婚しているってことなのか。お歯黒ってもともとどこか異様な感じがあるけど、雛壇は赤の世界だから、小さな口許の黒さはさらに印象的に思える。

夕焼に塗り込められてゆくこころ

堀本裕樹

高校の図書館では隠れて詩集を読んでいた。陸上部の仲間などに見つかったりすると、体育会系の明るい大きな声でいきなり冷やかされるのではないかと当時恐れていたからである。「お前、何読んでんの？　詩集って！」、想像するだけで空恐ろしい場面だ。人目を盗んで本棚の陰に隠れるように、中央公論の『日本の詩歌』シリーズを手に取り、特に堀口大學や西条八十の詩を好んで読んでいた。その頃何度も読んでは陶酔し、今でもふっと胸に蘇ってくる詩がある。

大學の一篇「夕ぐれの時はよい時」である。

〈夕ぐれの時はよい時。
かぎりなくやさしいひと時。〉

この率直で浪漫的な言葉のリフレインに完全にやられてしまった。詩の中で五回繰り返されるそのフレーズの最初は夕日がいま現れたかのように響き、そうして最後のそれは沈んでもなお息づいている残照のように淡々と甘く胸臆の隅々まで浸してゆくのだった。

〈夕ぐれの時はよい時。

かぎりなくやさしいひと時。〉

胸の裡でこの詩片をつぶやきながら、実際夕焼けを見つめていると、自分もやさしい気持ちになってゆく。と同時に、やがて詩の中にちりばめられた神秘、静寂、希望、愛撫、青春の夢、夢の酩酊、憂鬱、夢幻といった語句によって複雑な色合いを湛えて変化する夕焼けに心が塗り込められてゆくのだった。

「塗り込められてゆく」のであって、「塗り替へられてゆく」のではない。その無辺際な光の内側に心が溶けこみ、一体となる瞬間を求めて、しんと夕焼けに対峙するのである。

24

お題

文鳥

出題者

梅崎実奈／書店員

三二歳・女性

文鳥の水浴びが光る球をなすという
あなたの部屋を思えり

――――
穂村　弘
――――

その人の手の甲は傷だらけだ。文鳥のせいだという。その乱暴な鳥は、水で遊ぶことが大好きらしい。一日に何度も、水浴びを楽しむという。文鳥の羽ばたきが、水飛沫の光る球体をつくるところを想像する。光の球が生まれては消える。そんな部屋で、その人は暮らしている。「光る球をなすという」は伝聞の形だが、作中の〈私〉の想像である。「あなた」への思いが、まだ見ぬ「文鳥の水浴び」のイメージに増幅感を与えているのだ。そんな〈私〉が実際にその部屋を訪れて、「文鳥の水浴び」を見たらどうなるだろう。たぶん、「光る球」とまでは思えないんじゃないか。詩歌においては経験が常に力になるとは限らない。知らないから詠える、知ったら詠えない、ということがあるのだ。

そのように考える時、作者を問わず、青春期の歌というものに独特の力が宿っている理由がわかるような気がする。まだ見ぬ世界に対して、全てのイメージが増幅されているからじゃないか。

文鳥の跳ねる畳や夜の秋

堀本裕樹

小学生の頃、近所のＳ君が文鳥を飼っていたので掌や肩に乗せてもらったりして遊んだ。小鳥だから別に噛みつくわけではなし、恐いことなど一つもないのだが、妙に緊張して触れ合ったのを覚えている。自分が飼っている生き物だとそんなことはないのに、人の飼っているものに触れるときは慎重になる。小鳥はほんとうに軽くて華奢な骨組みだからか、繊細な硝子細工を扱うような手つきになってしまうところがある。

文鳥と聞いて、掌や肩に乗っている場面でも籠のなかにいる光景でもなく、なぜか畳を跳ねる場面が頭に浮かんできた。籠の扉を開けると、ちょんちょんと慌てたように止り木を何度か行ったり来たりしたあと、やおら入口に向かってそこに脚をかけると、とん、と訝りながら籠から畳へと飛び下りる。

静かな夜だと、畳のおもてを蹴り上げて跳ねる微かな足音が聞こえる。普段籠のなかにいる小鳥は羽ばたく力が衰えているのか、それとも人に慣れすぎているのか、何の疑いもなく人間のほうへ近づいてくる。

「夜の秋」は秋という語が入っているが、晩夏の夜のことをさす。まだ日中の暑さは厳しいが、夜になると過ごしやすくなるのが夏の終わりの風情である。

そんな涼しい夜風が通り過ぎてゆく畳の上を、文鳥が小さな爪の音をさせながら、どこか頼りない脚取りで跳ねてくる。やがて開いている窓など全く探す気配もなく、差し出された掌にちょんと跳び乗ると、しばらく言葉を待つような素振りで首をしきりに傾げたりするのであった。

25

お題

罪

出題者

北村篤生／牧師

七九歳・男性

有罪を告げて陪審員たちは歯医者と助手と患者にもどる

穂村　弘

映画などで陪審員がいる裁判の場面を見ると不思議な気分になる。性別も年齢も立場もばらばらの市民たちが裁判にコミットしている様子に馴染みがないからだ。日本でも裁判員制度が導入されてるらしいけど、どんな感じなんだろう。

陪審は、刑事事件では原則として被告人の有罪・無罪について、民事事件では被告の責任の有無や損害賠償額等について判断する。

ウィキペディア「陪審制」より

短歌は、「歯医者」と「助手」と「患者」が、たまたま同じ事件の「陪審員」になっているという設定。みんなであれこれ考えて「有罪」と判断した後で、おつかれさまでした、じゃあ、続き、やりましょうか、痛かったら左手を挙げてくださいね、チチューーン、ガリガリガリガリ、アグアグ、ジュボ、ジュポー、というシチュエーションである。

つくつくし誰が罪の尾を引きをらむ

堀本裕樹

蟬というと夏の季語だが、つくつく法師ことつくつくしは秋の蟬になる。法師蟬ともいうが、八月も半ば過ぎにその声を耳にすると、もう秋かと季節の巡りを感じさせる。

ツクツクホーシ、ツクツクホーシと物狂おしく鳴き継ぎながら、最後にジィーと未練を残すように声を消してゆく。そしてふたたびツクツクホーシ、ツクツクホーシと飽き足りずに鳴きはじめるのである。俳句歳時記を見ると、――『鶉衣』（也有）の「百虫譜」に「つくつく法師と云ふ蟬は、つくし恋しとも云ふなり。筑紫の人の旅に死して、この物になりたりと、世の諺に云へりけり」――という説明があった。物語性を加味した「筑紫恋し」という聞きなしには、遥かな故郷を恋しがる旅人の哀切が滲んでいる。他郷で命が尽きるとき思いを馳せるのは、やはり父母のことや故郷の光景なのであろう。その死に際の強烈な郷愁が、この世への心残りとなり秋の蟬の声を借りて筑紫恋し、筑紫恋しと訴え繰り返されているのかと思うと、その果てしない思慕の情ともいえる執着にそら恐ろしいものさえ感じられる。

筑紫の人はなぜ旅をしていたのか。ひょっとして罪を犯して故郷に帰りたくても帰れない事情があり諸国をさすらっていたのかもしれない。子どもの頃に遊んだ故郷の情景がいつも旅人の胸を占めていた。そんなふうに故事に基づいて想像を広げつつ、つくつく法師の声にあらためて耳を傾けてみると、あの長く引き伸ばして鳴く声には、悔やんでも悔やみきれない罪科の無念の余韻がこもっているようにも思えてくるのであった。

26

お題

ロール

出題者

寺島さやか／「本屋B&B」店長

三〇歳・女性

青空にエンドロールが流れだす　蟬が鳴いてるだけだった夏

穂村弘

映画の終わりなどに、音楽とともに流れるエンドロール。あれってなんだか、切なく感じる。ロケ地の海や学校や洋館がどこだったのか知りたくて、じっと見つめることなどもある。ふと思う。もしも、現実の世界にエンドロールがあったら、どんな感じなんだろう。

青空に不意に文字が流れだした時、初めて今年の「夏」が終わったことに気づいた。「夏」の主役たちは見知らぬ名前。エンドロールはさらさらと流れてゆく。次々にどこかの誰かの名前が現れて、ああ、そうか、と思う。僕にとっては「蟬が鳴いてるだけだった夏」に、みんなにはさまざまな出来事があったんだ。泣いたり、笑ったり、今年の「夏」をきらきらと生きた人々がいる。青空のエンドロールも少しずつ終わりに近づいて、文字が小さくなってゆく。僕の名前は見つけられそうもない。

つやつやのバターロールや秋の湖《うみ》

堀本裕樹

ジャムパンにストロー刺して吸い合った七月は熱い涙のような　穂村弘

ジャムパンにストロー?!　まずジャムパンのなかに入っているジャムを吸って飲むということだろうか。ちゅうちゅうジャムだけ吸い取って空洞になったパンは後から食べるのか。それともジャムだけ吸ってしまえば、パンにはもう用はないのか。そもそもジャムだけを吸うなんてことができるのか?

スーパーやコンビニに売っている袋詰めにされたジャムパンでは無理だろう。吸うほどジャムの量も多くないし、ストローで吸えるようなさらさらなジャムでもない。パン屋の作りたてのジャムたっぷりのジャムパンなら、もしかしてストローで吸えるかもしれない。それだ!　きっとそうに違いない。そんな結論に達しながら、しかしなんだかこれは無意味な推測かもしれないとも思いはじめる。

なぜなら『手紙魔まみ、夏の引越し（ウサギ連れ）』にある一首で、穂村さんが作ったけれど、この歌集の主人公の女の子「まみ」の視点で詠まれた歌でもあるからだ。たとえ現実的にストローでジャムが吸えなくても、少しエキセントリックな「まみ」の行動として一首にリアリティがあればいい話である。不思議なこの歌には詩の真実がある。

でも案外、穂村さんにジャムパンにストロー刺して吸ったことあるんですか？ と質問してみたら、「あるよ」と即答されそうな予感もする。

そっか、あるんだ、と納得する自分も想像できる。これは一度聞いてみなければ。ついでにバターロールも好きか聞いてみよう。

バターロールには秋の湖《うみ》がよく似合う。

27

お題

はにかむ

出題者

石田ゆうすけ／旅行作家

四六歳・男性

野良猫のはにかみしらず恩しらずミルク嘗めつつ唸る眼光

穂村　弘

野良猫が来た。ミルクをあげてみたら、嘗め始めたんだけど、耳を伏せて、時折こちらを睨みながら唸ったりする。威嚇だ。どうしてそんなことをするのか。今、あげたものを取りあげたりする筈がないだろう、と思うんだけど、そういう理屈は通じないらしい。食物を守る、という一念なのだ。その生存本能の強さ、身も蓋もなさに感銘を受ける。

昨日、台湾料理屋で注文した香草餃子が出てこなかった。なのに、「どうなってますか？」と尋ねることができなかった。しかも、会計時には食べたものとしてカウントされてたっぽいのに指摘できなくてお金を払ってしまった。そのショックを忘れるために、帰り道で屋台の立ち食いクレープを食べた。駄目だ。こんなんじゃ、とても野良猫にはなれない。でも、さっきミルクを与えた時、シャッと引っ掻かれたから、もしかしたら、そこから野良猫の毒が回って変われるかも知れない。私も、身も蓋もない美しい生物に。

むかごみなはにかむごとき零余子飯

堀本裕樹

零余子飯《むかごめし》を初めて食べたのは、田舎に住みながら意外に遅くて二十代半ばだった。知り合いの家にお呼ばれしたとき食卓に上ったのだが、「むかごって食べたことある？」と訊かれて、その聴き慣れない不思議な言葉の響きに首を傾げた。

よそわれたお茶碗を見ると、白米に混じって薄茶色の何やら豆の形状に似たものが点々と見え隠れしている。大きさはパチンコ玉くらいのものもあれば、それよりも小さなものもあってまちまちだった。

「これが、むかご？」と目を丸くして、見た目あまり美味しそうには見えないその一粒をおそるおそる箸でつまんで食べてみた。

嚙んだ瞬間、「あ、芋だ」と思った。小さいながら淡泊な滋味を宿している。今度はご飯と一緒にいくつか食べた。美味しい。少し塩を利かせたご飯と零余子が実によく合う。嚙めば嚙むほど零余子の野趣に富んだ風味が口のなかにじんわり広がるようだった。

芋だと思った味覚はどうやら間違いでないことが、『俳句歳時記』を開いてみるとわかる。「零余子は山芋や長芋などの腋芽が養分を蓄えて球状となったもの」と記されていることから、芋の分身か子どもと考えていいのだろう。ちなみに「腋芽」とは、葉のつけ根にできる芽のことである。

零余子飯にぱらぱらと入っている零余子はなんだかどれもはにかんでいるように見える。白米に隠れているものは勿論、すっかりさらけ出しているものも、あんまり見つめないでいっそのこと早く食べてくださいなと呟いているような、そんな風情を漂わせている。

28

お題

古本屋

出題者

広瀬洋一／古書店主

五〇歳・男性

古本屋に入ったことがあるだろうか、朝青龍は、松田聖子は

穂村　弘

　人間の生息域とは、どうやって決まってくるんだろう。誰に禁じられたわけでもないのに、私は一度もキャバクラに入ったことがない。でも、古本屋には何千回入ったかわからない。その逆の人もいるだろう。どちらのタイプが多いのか。男性の場合、キャバクラより古本屋に行く方が少数派だろうか。好みや関心によって、生息域が違ってくるのは当然のはずだけど、なんだか不思議に感じられる。

　古本屋に入るところが想像しにくい人のことを短歌にしてみた。白鵬や山口百恵は、まだ想像できるんだけどなあ。どうしてだろう。でも、実際には、朝青龍が古本マニアってこともあるのだろうか。松田聖子が古書店「赤いスイートピー」を開いて、記者会見で「古本屋さん、ずっと夢だったんです」とか。うーん。ないだろうなあ。

古本屋出づれば年の歩む音

堀本裕樹

最近どんな業種の店舗でも流れている音楽のたぐいが一切なく、しんとした空気が本棚の隅々まで充ちている昔ながらの古本屋がある。

そんな古本屋に入ると、最初は少し緊張するのだが、本棚に密に収められた背表紙にゆっくり眼を留めてゆくにつれ、いつの間にか肩の力も抜けて、その店の品揃えに頷いたり唸ったりする余裕さえ生まれてくるものだ。

店の静謐は音楽がないだけでなく、櫛比《しっぴ》する書物が細かな音を粛然と吸収しながら保たれているような趣もある。

たとえば幻想文学の棚の前に歩を運ぶと、澁澤龍彥、種村季弘、稲垣足穂、加藤郁乎、塚本邦雄、瀧口修造、高橋睦郎、巖谷國士などの背表紙が半ば色褪せて並んでいたりするが、一九六四年初版の澁澤龍彥著『夢の宇宙誌』などを手に取って開いてみると、当時の息吹が少し粉っぽい手触りと黴臭さと共に立ち上がってきて、濃密な陰翳に彩られた言葉が不意に目の前に広がり出す。活字を追う眼から胸裏に向かって人間の暗部に潜むざわざわとした輝きが放たれてくる。そして本を閉じると、この二〇一五年の深閑とした古本屋に佇んでいることを確認するように空咳を一つしてみたりするのだった。

その二〇一五年ももうすぐ終わろうとしている。

昔ながらの古本屋は静かなだけでなく、時間も止まっているようだ。そこを出ると、十二月の街には人が流れていて自分も合流する。電車やバスやタクシーが人々を運び去り、さまざまな音が重なり合う。それらが年の瀬の巨大な足音となって何かを示唆するでも谺《こだま》するでもなく青空へと抜けてゆくのだった。

29

お題

ゲーム

出題者

米光一成／ゲーム作家

五一歳・男性

五円玉にテープを巻けばゲーム機は騙されるって転校生が

穂村 弘

「五円でゲームをする方法を知っている」と転校生は云った。「嘘つけ」とガキ大将のサワケンは云った。「五円玉にセロハンテープを巻きつけると、ゲーム機はそれを百円玉と間違えるんだ」と転校生は云った。彼が元いた学校ではみんなそうやって遊んでいたらしい。我々は顔を見合わせた。その日から、転校生は一目置かれるようになった。自分たちの生きている場所とは全く違った「外の世界」があることに、私は奇妙なショックを受けた。転校生はそこからの使者だ。やがて、五十円玉に糸を結んで引っ張り出すという荒技も伝わってきた。さらに、電子ライターでゲーム機の回路を狂わせるという高度な作戦も。十数年後、就職したコンピュータ会社で、私は銀行の端末を開発することになった。どんな無茶な使い方をされても耐えられるように、運用前にはさまざまなテストをする。外国や玩具のコインを投入したり、お札に糸を貼り付けて吸い込まれる直前に引っ張ったり、思いつく限りのテストを繰り返しながら、そういえば、と昔のことを思い出していた。

賀客迎へゲーム対戦相手とす

堀本裕樹

ファミコンの「スーパーマリオブラザーズ」に出合ったのは友達の家であまりの面白さに連日通った。小学五年生だった僕らはテレビ画面にかじりつき、コントローラーを握りしめ、時には激しくボタンを連打したりした。

結局スーパーマリオに取り憑かれ、親にねだってファミコンを購入したのだが、その後「ドラゴンクエスト」が発売されていよいよゲームに熱中した。「ドラゴンクエスト」は大人気を博してシリーズ化されたが、僕の情熱は一作目でストップした。その理由は中学生になって陸上部に所属し毎日練習に出なければいけなくなったのとその頃から本を読むことのほうが面白くなったからだと思う。

だから僕のテレビゲームの歴史は初代ファミコンで止まっていて短い。その他によくやったゲームは、「ゼビウス」「グラディウス」「スパルタンX」「イー・アル・カンフー」「ベースボール」「ポートピア連続殺人事件」「スペランカー」「いっき」「ツインビー」「ボンバーマン」「忍者じゃじゃ丸くん」……順不同だけれど、自分の記憶とパソコンの検索結果を足してだいたいこんなところだろうか。

検索しながら「これ、やったなあ」とつい懐かしさのあまり声が出た。同時に三十年近くも会っていない、その頃の友達の顔まで思い出した。ファミコンの引力で集まった普段そんなに話さなかった友達とも、ゲームを通して笑い合ったり悔しがったり言葉を交わし合ったりしたものだった。

この句は新年のお祝いの言葉を述べに来た年賀客を引っ張り込んで、ゲームの対戦相手をさせる正月の一風景である。

30

お題

誕生日

出題者

千野帽子／文筆業

五〇歳・男性

垂直に壁を登ってゆく蛇を見ていた熱のある誕生日

穂村　弘

誕生日に風邪っぽかった。あ、まずいなと思って、ドラッグストアで二番目に高いユンケルを買った。高いんだから効くはずだ、という念を込めて飲む。すると、七十パーセントくらいの確率で持ち直すのだ。でも、その日は駄目だった。いったん熱が出てしまうと、一週間くらいは寝込むことになる。少しでも早く家に帰って休もうと思って、駅からの道を歩き出す。橋の上に差し掛かった時、変なものを見た。川から上の道路に向かってじりじりと登っている。蛇だ。目が離せなくなる。蛇ってあんなことができるんだなあ。手も足もないのに壁を直登するなんて凄い。途中でオーバーハングになっている箇所があって、全身の五分の四ほどが空中にだらんと垂れてしまった。でも、落ちない。人間でいうと頭から肩くらいまでの部分だけで体を支えたまま、じりじりと上に向かって進んでゆく。さすが爬虫類。さすが蛇。これくらいの風邪でふらふらになっている自分とはモノがちがうな、と感心した。今日から五十四歳だ。

初音てふ贈りものかな誕生日

堀本裕樹

人に誕生日を訊かれたとき、八月十二日ですと答えると、「夏生まれですね」と返ってくることが多い。

たしかにまだ暑い盛りであり、蟬の声もしきりである。しかし俳句をはじめて二十四節気に敏感になると、八月十二日はすでに立秋を数日過ぎていることに気づかされる。俳句をはじめる前は、僕自身も夏生まれを自認していたのだけれど、正確には初秋生まれということになるようだ。

十八歳の誕生日を迎えた日に、僕と同郷の作家・中上健次が四十六歳で亡くなった。当時のショックは今でも忘れられない。それ以来、僕の誕生日と中上健次の忌日が重なり続けるわけだが、こんな哀悼の一句を作ったことがある。

秋蟬《しゅうせん》の屍《しと》きらきらと健次の忌　　裕樹

中上健次のご息女である紀さんがこの句に眼を留めてくださったとき、「父は、秋に亡くなったんですね……」とひと言漏らされたのがとても印象的だった。紀さんも感覚的に夏に亡くなったという思いがあったのだろう。

「秋」からどうしても連想されるのが、中上健次の骨格ともいえる三部作『岬』『枯木灘』『地の果て 至上の時』の主人公の名「秋幸」であり、不思議な因縁を感じさせる。

八月十二日はお盆前であり、秋の蟬であるつくつく法師の声も聞こえ出す頃だ。熊野の真っ青な空では蟬の尿も美しく輝く。俗なるものが聖なるものへ一瞬転換される。

誕生日の題で作った句は、その年に初めて聞く鶯の声＝初音が、期せずして自然からの贈りもののように聞こえてきたのである。

31

お題

部長

出題者

長嶋有／作家

四三歳・男性

部下たちの耳つぎつぎに破壊して出世してゆく部長の笑顔

穂村　弘

コンピュータ会社の総務部時代に、三人の部長の下で働いたことがある。みんないい人だった。でも、隣の業務部にはやばい部長がいた。彼の下についた社員たちが次々にストレス性難聴で休職してしまうのだ。外からはいつもにこにこして穏やかな人に見えたから、逆にこわかった。彼の非道さは直属の部下にならないとわからないらしい。残業中に密室で二人になった時にとんでもないことを云ってくる、とのことだった。耳が聞こえなくなるほどの言葉が想像できなくてどきどきする。短歌の中では「出世」してるけど、現実の部長は、最終的には自分も退職することになった。後任の新部長はとてもいい人だった。部下から見れば天国と地獄だ。給料や福利厚生などの条件がどんなに良くても、上司がやばい人だったら、それだけで会社員生活は真っ暗。しかも、これに関しては運を天に任せるしかない。

胡瓜《きゅうり》など蒔きしと部長話し出す

堀本裕樹

俳人と呼ばれるようになるまでいろいろなアルバイトをしたり、正社員にもなったりして糊口を凌いできたのだけれど、一度だけ役職をもらったことがある。

ある時期、六本木ヒルズの三十五階の企業で、販促物の制作を担当するライターとして働いていたのだが、その頃の僕の名刺には「課長代理」という役職が刻まれていた。もちろんすぐに課長代理になったわけではなく、最初は研修期間があって仕事を重ねてゆくうちに昇格したのである。

しかし課長代理になったからといって給料が少し上がっただけで特に変わることはなかった。課長のように責任を持って部下を監督する役目も「代理」だからそんなに重くのし掛かってこない。ただチラシやパンフレットを作る過程で、課長や部長とのやり取りが多くなった。部下の意向を含めた自らの考え方や方向性を上司に伝達しながら制作物を完成に近づけなければいけなかったからだ。

上司にありがちな「最初と言ってることが違うじゃないか！」ということは何度かあったけれど、そこをうまく取り持って部下の仕事を見守ったり、自ら補ったりするのも課長代理の務めだったように思う。でも実際は課長代理とは名ばかりで、部下というより同僚と仕事をしていた感覚だった。職場はわりあい和気藹々とした空気だったから振り返ってみると懐かしく、「あいつら、どうしてるかなあ」という気持ちになる。六本木ヒルズで栄華を誇っていたその会社は今はもうない。

　この句は、種を蒔いて胡瓜《きゅうり》を育てる家庭菜園好きの部長なんかいたら、きっといい上司だろうなと思いつつできた。

32

お題

稲荷

出題者

布上智範／イタリア料理店店長

四二歳・男性

動き出す前に駅弁食べるなとアナウンスあり　七色稲荷

穂村　弘

電車が動き出す前に駅弁を食べてはいけない。そういう人は心がサラリーマン。と教えられたことがある。実際サラリーマンだったのに。駅弁は富士山を見ながら食べるもの、という考えのおじさんも知っている。それ以外のタイミングで食べようとすると怒り出すのだ。でも、私はせっかちなのでとても待てない。おあずけ状態のまま、がまんしてがまんして、動き出したとたんにばりばりと開いて食べ始める。東海道新幹線でいうと新横浜までには確実に食べ終わっている。首都圏じゃん、と云われた。そうだなあ。遠くで食べれば食べるほどおいしくて隣の席の人や車掌さんにも好感を持たれるのに。しかも、私が選ぶ駅弁はうなぎ弁当とか焼肉弁当とかカツサンドとか、がっつり系ばかり。それも情緒に乏しいようだ。一度だけカラフルなお稲荷さんというものを食べたことがある。赤かったり、黒かったり、緑だったり、夢の中の食べ物みたいな七色稲荷。そういう名前の神社もあった。

うららかやぽこぽこできる稲荷寿司

堀本裕樹

普段の暮らしのなかではほとんど幼い頃の記憶が蘇る機会などないけれど、俳句を作っているとたびたび思い出すことがある。

よくあるのが『俳句歳時記』をめくっていて季語に触発されて思い出すパターンだが、今回は「稲荷」の題から「稲荷寿司」が思い浮かんで、そういえば小学生の頃に稲荷寿司を作る母を手伝ったことがあったなと昔の映像がカタカタと音を立てて8ミリの映写機で映し出されるように蘇ってきたのだった。

最初に流れてきたのが、母が甘く煮た油揚げに寿司飯を詰めていく映像である。なぜか油揚げを煮ていたり寿司飯を作っていたりする場面は抜け落ちている。稲荷寿司を作る手順としては必ず踏んでいるはずなのに。

僕も見よう見まねでやるのだけれど、袋状の油揚げの大きさに対して、入れる寿司飯が小さすぎたり大きすぎたりして不格好な稲荷寿司になってしまうのだった。自分が作ったその稲荷を母の作ったものの隣に並べると、よけいに不格好さが際立った。その光景に幼いながら苦笑したのを覚えている。

「上等上等。うまいことできてるやん。食べたら味はおんなじやで」

そんなふうに母は慰めてくれた。

それで自分の作った稲荷寿司を食べてみたのだが、いややっぱり母が作ったもののほうが美味しいとしみじみ感じたのであった。

この句の「ぽこぽこ」は、母がリズムよく稲荷寿司を作ってゆく様子であり、そのかたちの可愛らしさも含めて表してみた。

季語「うららか」によって、できたての稲荷寿司が台所の窓から差す春の日に照り輝いてなんとも美味しそうではないか。

33

お題

逃げる

出題者

リヒト／モデル

三九歳・男性

二十一世紀に変わる瞬間につるりと手から逃げた石鹸

穂村 弘

二十世紀最後の夜、私は稲毛のファミリーレストランで和風おろしハンバーグを食べていた。同じ時、すやすや眠っていた人がいるだろう。漫画を読んでいた人も。猫を撫でていた人も。セックスをしていた人も。死にかけていた人も。生まれかけていた人も。お風呂に入っていた人も。そして、世紀が変わるまさにその瞬間、摑もうとした手からつるりと石鹸が逃げた。そのことに本人は気づかない。でも、空の上で見ていた神様が、あっ、と小さな声をあげた。

私が固形石鹸を使っていたのは、いつまでだったろう。ぎりぎりまで小さくなったのは新しいのにぺたりと貼り付けていた。懐かしい。でも、ポンプ式の液体タイプに慣れたら、元に戻れなくなってしまった。楽だからなあ。次の世紀になる時は、もう固形石鹸は存在しないだろう。というか、それを使う側の人間はどうなんだろう。

雲の峰屋根に逃げたる猿啼けり

堀本裕樹

たまに野生の動物が市街地に出没して、捕獲に大騒ぎする映像がニュースで流れる。必死になって逃げまわる猪や猿の様子を見ていると、なんだかかわいそうになってくる。動物にとっては、たまたま山中からふらりと出てしまっただけだ。それがこんなに人間に追い掛けまわされるとは、予想もしていなかっただろう。

しかし、人間側も早く捕獲して山に返してあげたいと思っている。その気持ちが動物に通じれば、簡単に捕まってくれるのだろうけど、なかなかそうはいかない。双方の気持ちがすれ違ったまま、大騒動になる捕獲劇を見ていると、いつもちょっと切なくなる。

そんな現代の一場面を句にしたのだが、図らずもこの光景は詩歌の伝統を受け継いだもとなった。

猿が悲しげに啼くという文句は、李白も杜甫も漢詩に詠んでいる。『和漢朗詠集』には猿の登場する漢詩が何編か紹介されているが、そんな中国の古詩を、芭蕉も蕪村も自らの俳諧に取り入れたのである。

猿を聞人捨子に秋の風いかに　　芭蕉
壬生寺の猿うらみ啼けおぼろ月　　蕪村

どちらも猿の哀切な声が聞こえてくるけれど、屋根の上で啼いている猿は人間から逃げている光景だけに、この二句とはまた違った悲愴な趣がある。まさしく平成の世の猿の悲哀である。

そしてこのような逃げる動物に、少なからず己の姿を複雑に投影して見ている現代人もなかにはいるのではないか。

屋根の上の猿は入道雲を遥かにして、いったい何と叫んでいるのだろう。

34

お題

適性

出題者
西崎憲／
作家・翻訳家
ヴォーカルスクール講師
六一歳・男性

火星移民選抜適性検査プログラム「杜子春」及び「犍陀多」

穂村　弘

芥川龍之介の『杜子春《とししゅん》』と『蜘蛛《くも》の糸』を読んだ時、なんだか人格を計る検査みたいだな、と思った。しかも、どっちもひっかけ問題というか。

「杜子春は老人の戒めも忘れて、転《まろ》ぶようにその側へ走りよると、両手に半死の馬の頸を抱いて、はらはらと涙を落しながら、『お母《つか》さん』と一声を叫びました。」

まあ、こっちはこれが正解だから、それなりに合格者が出そうだけど。

「罪人たちは何百となく何千となく、まっ暗な血の池の底から、うようよと這い上って、細く光っている蜘蛛の糸を、一列になりながら、せっせとのぼって参ります。今の中にどうかしなければ、糸はまん中から二つに断《き》れて、落ちてしまうのに違いありません。」

こっちは超難関だ。私には絶対無理だと思う。短歌の中の「犍陀多《かんだた》」は「こら、罪人ども。この蜘蛛の糸は己《おれ》のものだぞ。お前たちは一体誰に尋《き》いて、のぼって来た。下りろ。下りろ」と喚いて不合格になった主人公の名前である。

瓜番として適性を見るといふ

堀本裕樹

「今でも季語って増え続けているんですか?」と、よく質問されるのだけれど、逆に減ってきているのが現状である。減ってきているという言い方よりも、死語となって使われなくなった季語が増えているといったほうが正確かもしれない。

夏の季語「瓜番」も今では見かけない。畑に生っている瓜を夜中に盗みにくる輩がいるので、番小屋を建てて見張り、時には取っ捕まえるのが瓜番の役目である。『俳句歳時記』には瓜番の他に、瓜小屋、瓜番小屋、瓜守、瓜盗人などが傍題として載っている。

先生が瓜盗人でおはせしか　　高浜虚子

これは悲しい結末である。まさか、あの先生が瓜を盗んでいたなんて。「おはせしか」の敬語に込められた複雑な心情が、妙に切なく響いてくる。でも、先生が辺りを見回しながら、そろりそろりと瓜畑に入っていく様子を想像すると、やっぱりちょっと可笑しい。先生はそんなに瓜が食べたかったのだろうか。たとえば、昼間農家の人に、「すみませんが、一つ分けてくれませんか？」と訊いてみれば、安く売ってくれたかもしれないし、気のいい人であれば、「これ、疵物だけどよかったら持っていってくださいよ」なんて言ってくれたかもしれないのに。なんで、こんな狭い村で盗みを働いてしまったのか。先生にそのへんの事情をゆっくり訊いてみたいところだ。

台詞のように呟かれたこの句には、虚子の俳諧精神の一面が窺えるのである。

僕が作った句は、「ちょっと一晩、瓜番をやってみろ」みたいなテストのようなもの。果たして合格するのだろうか。けれども、瓜番の適性っていったい何だろう。

35

お題

舞台

出題者

柳家喬太郎／落語家

五二歳・男性

まっくらな舞台の上にひとひらの今ごろ降ってくる紙吹雪

穂村 弘

舞台の上で役者が台詞を噛むと、ひやっとする。あ、噛んだ、と瞬時にわかるのだ。そんな時、咄嗟に云い直したりすると、逆に目立つ。それによって、目の前の全てがお芝居であることがはっきりしてしまう。でも、考えてみると、現実には噛むことなんてしょっちゅうある。それなのに、お芝居の中では噛んではいけないのは何故だろう。噛む方がリアル、ってことにはならないのかなあ。

舞台は怖ろしい。台詞、動き、出入り、照明、音響、着替え、などの全てが重要で、どれか一つでも狂ったら台無し。まるでタイミングの塊のようだ。以前、変なタイミングで降ってきた紙吹雪を見たことがある。まったく場違いなシーンで、一片だけ、ひらひらと。ちっぽけなのに、なんともいえない存在感だった。短歌の中では、終演後の舞台に降ってくるイメージだ。

船虫に舞台度胸のなかりけり

堀本裕樹

「色男金と力は無かりけり」と昔からいうけれど、現代ではかなり例外がありそうである。しかし、船虫に関しては僕の句の通りで、舞台度胸はないと断言していいだろう。船虫を見たことのある人はよくわかると思うが、近づくとすぐに逃げていくのだ。「俳句歳時記」の例句を見ても、逃げる船虫を詠んだものが多いことに気づく。たとえば、松崎鉄之介の一句、

ただ逃ぐる船虫何をもて生きむ

などは、まさに船虫のひたすら逃げる生き様を詠んでいる。こいつらはなんでこうも逃げることばかりなのか。何を楽しみに生きているのだろう、と腑に落ちないようだ。

船虫は、自分たちの住処であり舞台である海辺の岩や岸壁やテトラポッドに群れでいる

ことが多いけれど、もっと堂々としていていいのではないかと思う。でも、人の気配を察すると、過敏な防衛本能なのか、一斉にざわざわと四散してしまうのである。

まあ、見た目がそんなにかわいい訳でもないし、どちらかというとちょっとゴキブリに似た気持ち悪さがあるので、向こうから逃げてくれたほうがありがたいともいえる。ここで舞台度胸を見せられて、向こうからぐんぐん押し寄せられても怖くてたまらない。想像するだけで鳥肌が立つ。

そう考えると、船虫は近づいてくる人間のことを気遣って、いち早く自ずからグロテスクな姿を隠そうとしてくれているのかもしれない。もし、そうだとすると、なんて気遣いのできるやつなんだ。急に船虫が奥ゆかしい生き物に思えてくるのだった。

36

お題

楕円

出題者

竹内亜弥／女子七人制ラグビー日本代表

二九歳・女性

猫パンチされてほっぺた腫れあがる楕円軌道の惑星の夜

穂村弘

楕円という題をいただいて、どんなものがあるか考えてみた。ラグビーのボール、檸檬、目、アーモンド、米……。どんどん小さくなってゆく。では、大きな楕円は？　例えば、惑星の軌道。ケプラーの法則によると、惑星は太陽を一つの焦点とする楕円軌道上を動くらしい。地球上で起きるどんなことも、戦争も恋も歯磨きも、全ては惑星の楕円軌道の中のできごとなのだ。萩尾望都の『11人いる！』という漫画には、二つの恒星のまわりで大きな楕円軌道を描く星の話が出てくる。「周期は六十四年。一生に一度の冬、一度の夏」という作中人物の言葉を聞いて、切なくなるのはどうしてだろう。さらに極端なケースでは、季節の巡りよりも人生の方が短くなるのか。夏という季節は遠い過去の伝説、または遥かな未来の幻。その夢を見ながら、何代もの間、人々は冬だけを生きて死ぬ。そんな異星人の一生を想像する。

切り口の椿円うつくし胡瓜漬

堀本裕樹

この句を思いついたときから、今まさに糠床から取り出したばかりの胡瓜をさっと水洗いし、とんとんと斜めに包丁を入れて、皿に綺麗に並べられた漬物のつやつやした様子がありありと眼裏に浮かんできて、ちょっと困っている。食べたい。

和歌山の実家にいるときは、当たり前のように夏になると、胡瓜や茄子の糠漬けが食卓に上がった。おかいさんと一緒に。おかいさんとは、茶粥のことである。決して豪華とは言えない食事だけれど、おそらく紀州出身の佐藤春夫も有吉佐和子も中上健次も、糠漬けにおかいさんの組み合わせで腹ごしらえをしてきたはずだ。ここに、梅干しと魚の干物なんぞが添えられると、もう言うことはない。紀州人であれば、このラインナップに大きく頷いてくれるに違いない。

月のぼる夏痩のなに食べようか　　清水径子

こんな人にもぜひ、おすすめしたい。瑞々しい楕円形の断面を見せた胡瓜漬を一切れ、ぽりぽりと齧って、おかいさんで流し込む。すんなりと胃にやさしく落ちてゆき、もたれることはない。おかいさんはふつうの粥よりもさらさらと食べられて、しかも番茶の香ばしさに心が安らぐのである。

夏痩せて嫌ひなものは嫌ひなり　　三橋鷹女

こんな人にはどうだろうか。千葉県出身の鷹女さんは、おかいさんを食べたことはあったのだろうか。それにしても「鷹女」とは勇ましい俳号である。背筋が通っている。恐る恐るおかいさんと胡瓜漬を夏痩の鷹女さんに出してみたらどうなるのだろう。どうか「嫌い！」などと言わずに、一度食べてみてほしい。

37

お題

着る

出題者

祐真朋樹

／

スタイリスト

五一歳・男性

防護服着て花を編み防護服着た恋人のあたまに載せる

穂村　弘

かたつむりを見つけると、おっ、珍しい、と思う。蓑虫やゲンゴロウは、すっかり見かけなくなってしまった。子供の頃はあんなに身近な存在だったのに、みんな、どこに行ったんだろう。向日葵は今もあるけど、なんだか背が低く、花も小さくなった気がする。こちらの体が成長したせいだろうか。朝顔の葉っぱの形も、昔とは違うように思えてならない。秋刀魚《さんま》って、あんなにとんがっていただろうか。自然界のさまざまなものが、いつの間にか、姿を消したり変えたりしている。環境の変化か、品種改良か、私の記憶違いのせいか。でも、なんとなく、別の世界に来てしまったようで不安だ。或る日、目が覚めたら周囲の全てが変わっていたらどうしよう。蜜蜂は赤と白のしましま、亀の甲羅はふわふわと柔らかく、蟬は無音。その世界では、人間はどんな姿をしているのだろう。

濡れ衣を着せられしまま秋の蜘蛛

堀本裕樹

小学生の頃はいろいろな虫を捕まえて、よく遊んだものだ。なぜかたくさん捕まえては悦に入るという時期があって、甲虫《かぶとむし》や蟷螂《かまきり》を虫かごいっぱいに捕まえたりしたが、蜘蛛《くも》もやたら捕獲してはバケツに放り込んでいくという、今考えると、ちょっと気持ちの悪いことをしていた。

どんな蜘蛛でもいい。蜘蛛であるならば、箒や捕虫網を使って掬い取るように捕獲してバケツにどんどん入れていくのである。すると、みるみるバケツのなかに蜘蛛が溜まっていき、蠢《うごめ》き、右往左往しはじめる。蜘蛛の足が何十本もがさがさごそごそ交錯しながら、行き所のない地獄絵みたいになった。

小学生の僕は何を思ってそんなことをしていたのか、今では思い出せないし、集めた蜘蛛をその後どうしたのかも覚えていない。とにかく、バケツいっぱいに蜘蛛が蠢く光景だけが頭に残っているのだった。

和歌山の実家では、アシダカグモがたまに出た。漢字で書くと、足高蜘蛛。足が長くて大きな黒い蜘蛛である。ゴキブリを餌にするという点では益虫だが、しかしこれが部屋に突然這い出てくると、恐ろしかった。

一度、父がこの蜘蛛を手摑みして、嚙まれたことがあった。「痛っ！」と叫んだ父は、そいつを床に叩きつけた。蜘蛛は難を逃れて、そそくさと家具の隙間に消えていった。

東京のアパートでは、ときどき小さなハエトリグモを見かける。ちょこちょこ歩いているだけなので可愛いものだ。けれども、蜘蛛というのは、どこか無実の罪を背負わされているような暗い気配を引きずっている。秋になると、ことにその暗影が増すようだ。

38

お題

腹

出題者

佐藤隆信／出版社社長

六〇歳・男性

がぶがぶと水をのんでもただ腹にたまるばかりの夏の光よ

穂村　弘

最後に蛇口から直接水を飲んだのはいつだったろう。その下で顔を傾ける感覚や独特の錆っぽさを覚えている。十代の夏、ものすごくのどが渇いて、水道に飛びつくことがあった。がぶがぶと飲んでも飲んでも、腹にたまってゆくばかりで、渇きが癒えた感じがしない。噴き出す汗。耳がおかしくなるような蟬の声。奇妙な焦りがあった。

あれから四十年が経って、最近では、ほとんどペットボトルの水しか飲まなくなった。今年の夏は、外出先でのどが渇いた時、水色のポカリスエットを買った。普通のポカリよりも薄くて、すーっと体に入ってゆく。腹がちゃぽちゃぽすることもない。細胞に吸収されてゆくのを感じながら、一口ずつ飲んでゆく。すーっ、すーっ、すーっ、快適だけどなにかさみしい。

蟷螂の鋭き眼に腹を見抜かる

堀本裕樹

蟷螂《かまきり》の顔つきはどこか人間臭い。

不意に「かまきり夫人」という言葉が思い浮かぶが（電子辞書には載っていなかったので、インターネットで検索してみると、一九七五年に公開されたポルノ映画「五月みどりのかまきり夫人の告白」が多数出てきた。そこから広まった言葉なのだろうか。その映画は観たことがないけれど、いつの間にか魔性の女たる「かまきり夫人」のイメージが頭に刷り込まれているのがちょっと不思議である）、蟷螂は交尾が終わったあと、雌が雄をむしゃむしゃ食い殺してしまう恐ろしい習性がある。

蟷螂のをりをり人に似たりけり　　相生垣瓜人

この句のように、蟷螂の動作が、時折人間に似ているなと思うことが確かにある。人間には蟷螂のように鎌状の手（に見えるが、実は前肢）はないにもかかわらず、あれを小首をかしげながらねぶる仕草一つ取っても、妙に人間臭く思えるのはなぜだろうか。

墜ち蟷螂だまつて抱腹絶倒せり　　中村草田男

『俳句歳時記』の例句に載っている作品も、擬人化されて詠まれた蟷螂が多い。地面に墜落した蟷螂が仰向けになって、脚をもぞもぞさせてなかなか起き上がれないでいるのだろう。その姿態を腹を抱えながら大笑いしていると、まるで漫画のように描き出した。蟷螂は声を発さないので、「だまつて」なのである。そのディテールの描き方に、蟷螂の悲哀まで滲んでくるから俳句の余白は侮れない。

僕の句は、蟷螂の鋭利な眼でじっと睨まれている状態だ。あの真っ直ぐに澄んだともいえる眼差しに、どこかしらこちらの腹を見抜かれているようにも感じられる。この蟷螂はやはり、魔性の雌かもしれない。

39

お題

描く

出題者

師岡とおる／イラストレーター

四三歳・男性

脱ぎ捨てたビーチサンダルに描かれた目玉が見つめている太陽

穂村　弘

　子供の頃、海の家で売っている食べ物に憧れた。お祭りの屋台などと同様に、非日常の匂いがあった。氷水で冷やされたラムネ（うまく飲めない）や西瓜。かき氷の鮮やか過ぎる赤や緑のシロップを嘗めると舌が痺れた。ヤキソバも具がほとんど入ってなくて、なのに、家で食べるまともなやつよりもずっとおいしく感じた。浜辺ではクロンボコンテストが行われていた。黒いほど健康的で価値があったのだ。今では日焼けは嫌われている。クロンボという言葉もNGだ。先日、海沿いの店で食べたかき氷は、繊細でふわふわしてて、そこにかけられたベリーソースは本物の果実の味がした。おいしい。社会の成熟を感じて、何故かさみしくなった。昔の夏の、その場かぎりのでたらめな熱狂が懐かしくなる。短歌を作った後で、ふと思いついて、「ビーチサンダル　目玉」で検索をかけたら実在してて驚いた。

蒼海を描く子の袖にゐのこづち

堀本裕樹

このあいだ、近所を散歩していて草むらのなかに足を踏み込んで出てくると、服に妙なものが付いていていた。形は小さなえんどう豆に似ていて、なんだかねばねばする。指先で摘まみ取って、よくよく見ると、「ああ、くっつき虫か」と合点がいった。

くっつき虫とは、秋の季語「草の実」のことで、決して虫ではない。くっつき虫は、人や獣に取りすがって種子を遠くに飛ばそうと企てるのだ。地球上に己の種を絶やさないためである。健気とも図々しいともいえるけれども、この散歩で出くわしたくっつき虫は初めて見たのでちょっとわくわくした。

調べてみると、アレチヌスビトハギというらしい。漢字で書くと、荒地盗人萩。マメ科ヌスビトハギ属で、原産地は北アメリカ。

そういえば、草むらにまぎれて薄紅色の萩の花が咲いていていたなと思い返した。たしかに、そのそばを通ったなと。しかし、そのときにくっつかれたとは全く気づかなかった。なかなかの早業である。

　ちなみに盗人の名はどこから来たのかというと、これも一説が載っていた。小さなえんどう豆に似たその莢の形が、忍び足で人の家に侵入する足跡のように見えるからだそうである。それにしても、荒地盗人萩とは、聞こえが悪すぎやしないか。ちょっと気の毒な名前である。

　僕の句は、スケッチブックを持って野山を歩いてきた子が、蒼い海を描いている光景だ。服の袖には、くっつき虫の一種である「ゐのこづち」が知らぬ間に付いている。子もゐのこづちも海を前にして、これ以上行けないけれど、海光にやさしく包まれている。

40

お題

歌う

出題者

大住憲生／ファッションディレクター

六二歳・男性

転校の初日に前の学校の校歌をひとり歌わされたり

穂村　弘

転校生として、黒板の前に立ったことが二回ある。そのうちの一回は最悪だった。新しい担任に、自己紹介の後で前の学校の校歌を歌うように命じられたのだ。耳を疑った。ただでさえ緊張しているのに。今、ここで歌？　いったい何のためにそんなことをさせるのか。新しいお友達と仲良くなるため？　阿呆か。それと校歌になんの関係がある。頭でっかちの、独りよがりの、気持ち悪い考えだ。知らない学校の知らない校歌なんて聞かされても、ただ変に思えるに決まっているではないか。泣きたかった。でも、やりたくない、とは云えない。どこにも逃げ場はない。震えながら歌った。その後で、今度はクラスの全員が自分たちの校歌を歌い返してくれた。だけど、そんなの多勢に無勢でまったく割に合わないではないか。そもそも無意味な儀式。でも、私に一人で歌わせたんだから、お返しは担任のあなたが一人で歌ってくれよ。

スキヤキを低く歌ふやクリスマス

堀本裕樹

坂本九が、日本航空123便墜落事故で亡くなった、一九八五年八月十二日のことはよく覚えている。その日は、僕の十一歳の誕生日だったからだ。

「ゆうき、えらいことになったのう……」

父がそう呟いた。翌日にはテレビに映し出された御巣鷹山に散乱した無残な機体を、家族で呆然と見つめたのだった。

十一歳の僕の誕生日は、いつも通り祝われたのかどうかさえ覚えていない。飛行機にまだ乗ったことのなかった僕は、こんな恐ろしい乗り物には絶対に乗りたくないと思い、そうして坂本九という偉大な歌手がこの機に搭乗していて助からなかったことが、強烈に胸に焼き付けられたのであった。

ピコ太郎が、アメリカの「ビルボード」ランキングで七十七位を獲得したと現在話題になっているが、坂本九の「上を向いて歩こう」は、一九六三年の同ランキングにおいて、三週連続一位を獲得。「ＳＵＫＩＹＡＫＩ」の曲名を以て、世界的なヒットソングとなった。ちなみに、ウィキペディアによると、ベルギーやオランダでは、「忘れ得ぬ芸者ベイビー」と改題されたそうである。

もちろん、原題である「上を向いて歩こう」が一番しっくりくるのだが、「スキヤキ」というタイトルもヘンテコではあるけれど、不思議な哀愁があると思う。

この曲の歌詞には、「春の日」「夏の日」「秋の日」の「一人ぽっちの夜」は出てくるが、「冬の日」はないことに気づいた。

僕の句はクリスマスだから、「冬の日」だ。「一人ぽっちの夜」のクリスマスに歌う「スキヤキ」ソングは、やけに胸に沁みてくる。

41

お題

やわらかい

出題者

会田朋代／幼稚園教諭

三〇歳・女性

やわらかいひかりに頰を照らされて
ポカリスエットだけの自販機

穂村 弘

一種類の飲み物だけしか売ってない自動販売機、ってものがある。ずらっと列んでいるのだ。その前に立つと、不思議な気持ちになる。「どれにしようかな」という、いつもの感覚が発動しかけて、「あれ？　あ、そうか」と混乱するのだ。どのボタンを押してもおんなじなのに、一瞬、手が迷ったりするのも面白い。

それにしても、と思う。いろいろな飲み物を入れて選択の余地があった方が売り上げ的には絶対いいはずなのに、どうしてこうなっているんだろう。どうしてもこれを飲ませたい誰かがいるのか。これじゃないなら飲まなくてもいい、という固い信念の持ち主……。「ポカリスエットだけの自販機」は、夜の闇の中にひんやり青く浮かび上がっている。なんとなく近づきたくなる。で、その中に一本だけコーラが混ざってたら、怖いだろうなあ。

やはらかい田舎なまりの初電話

堀本裕樹

「やわらかい」という形容詞を聞いて、懐かしく連想されたのが、「やらこてん」である。和歌山の人であれば、すぐに「やらこてん」の意味がわかるだろうけれど、県外の人にとっては、何のことだかさっぱり理解できないに違いない。

「子どものころ、よう、やらこてんで野球やったなあ」と言えば、なんとなく想像がつくだろうか。

そう、「やらこてん」とは、ゴム製のボールのことなのである。特に野球やテニスボールくらいの大きさのものを、僕たちのあいだではそのように呼んでいた。「やらこてん」はやはり和歌山弁らしく、どうやら「やわらかい手毬」から「やらこいてんまり」になり、そこからさらに転訛されて、「やらこてん」にまでたどり着いたようである。

僕はてっきり、やわらかいボールが「てんてん」と転がっていくことと、「やらかい」もしくは「やらこい」（これらの言葉は関西圏で使われると思う）とつながり、「やらこてん」になったのだろうと推察していたのだが。

たった一つの形容詞でさえ、しかも和歌山という一つの県だけでも面白い言葉の広がりを見せるのだから、日本全国で「やわらかい」の方言や派生を掘り下げていけば、きっと多種多様なバリエーションがあるのだろう。

僕の句は、和歌山弁丸出しの友人から新年初めての電話が掛かってきた様子である。

「ほっちょ、こっちに帰ってきてるんか？」

そんな幼なじみの声が、僕には慕わしく聞こえてくる。故郷なまりは、いつでもどこか「やらかい」。ちなみに「ほっちょ」とか「ほり」が、僕のあだ名だった。

42

お題

安普請

出題者

壇蜜／タレント

三六歳・女性

安普請の床を鳴らして恋人が銀河革命体操をする

穂村 弘

北海道の大学に入学した年の冬、生まれて初めて恋人というものができた。今から三十五年前のことだ。舞い上がった私は彼女の部屋に入り浸った。そこは風呂無しでトイレも共同のアパートだった。でも、札幌なので窓だけは二重。その向こうに雪が降っていた。獣医になるために他の大学から再受験してきたという二歳年上の恋人は、さまざまな面で私よりも大人だった。五十代の今なら二つくらいの年齢差はないようなものだが、あの頃の十九歳と二十一歳という違いは大きかった。壜入りのマヨネーズ、グリーンアスパラ、ネクタイの結び方など、初めてのものやことをいろいろ教えられた。ストレッチング（当時はこの言葉はなかった気がする）もその一つだ。私の躰は硬かった。先日、ふと思いついて、インターネットで彼女の名前を検索してみた。獣医ではなく、オイリュトミーの専門家になっていた。オイリュトミーとは神秘思想家ルドルフ・シュタイナーが作り出した舞踊のことらしい。私の躰は今も硬いままだ。

鎌風《かまかぜ》の抜け道のある安普請

堀本裕樹

僕がいま住んでいるアパートも網戸を開け閉めするときにガタガタしたり、窓のロックの加減を間違うとその錠そのものが外しにくくなったりして安普請である。

昨夏は、玄関から台所にかけて小さな蟻がたくさん入り込んできて頭を悩ませた。これはいかんと思い、最初は片っ端から蟻をティッシュで潰して殺していった。しかし、翌日になるとまた行列ができている。

これではいかんと思い直し、まず蟻がどこから侵入してくるのか、根本を正すべく辺りを見回してみた。どうも玄関が怪しい。玄関ドアの下部には蟻が侵入できる隙間が見受けられた。だがふさぐ手立てがない。

そのときふと、「アリの巣コロリ」という単語が浮かんできて、それだ!と思った。早速薬局に買いに走り、蟻の通り道に仕掛けてみた。蟻が巣に薬剤を運び込んで巣ごと全滅させるはずなのだが、三、四日試してみたものの、我が家の蟻には全く効果がなかった。

いかん、いかんと思い悩みつつ、パソコンで蟻退治の方法を検索していたら、液剤のものが効くという書き込みを見つけた。早速試したところ、これが効いた。巣穴の出入り口と思われる玄関前や部屋の隙間に薬剤を流し込むと、次の日には蟻の姿が消えていた。

安普請のせいで蟻と格闘するはめになったのだが、この句の受難は鎌風《かまかぜ》の抜け道になっていることだ。鎌風は鎌鼬《かまいたち》ともいうが、突然鎌で切られたような傷を受ける怪異現象で冬の季語である。むかしは妖怪の仕業と考えられていたようだが、いろんな説がある。

鎌風の抜け道がある安普請なんて、勘弁してほしい。すぐに引っ越すべきである。

43

お題

ふるえる

出題者

青柳いづみ／女優

三〇歳・女性

ヘンゼルの仮面外せばグレーテルの仮面の君がふるえはじめる

穂村　弘

幼稚園の学芸会で浦島太郎をやったことがある。私は亀をいじめる村の子供の役だった。でも、あまりにも上手にいじめたので、突然、主役に抜擢された。クライマックスは太郎が老人になるシーンだ。玉手箱を開けると、中には白い付け髭が入っている。舞台が暗くなっているうちに、すばやくそれを顔に貼り付ける。たちまち太郎はおじいさん、という段取りだった。

短歌の方は、ヘンゼルとグレーテルの仮面劇。というか、それまで安定していた二人の関係性が、舞台を降りた時のように急変する様子を描いている。ずっと優しいお兄さんのようだった人が、初めて素顔を見せる瞬間の怖さ。一人称が「僕」から「俺」になるだけで、どきっとすることがある。でも、ふるえながら外した「グレーテルの仮面」の下から、さらに異様な顔が現れるということもあるんじゃないか。

鳥交るへてゐたりけり

堀本裕樹

「鳥交《さか》る」とは、鳥の交尾のことでなんだかどきりとさせられるけれど、春には「猫の恋」なんていう繁殖期の季語もある。

動物の求愛行動までも季語にして詠もうとする俳人は、並々ならぬ好奇心の持ち主であるとともに、ある種の凄みさえも感じさせる。

僕も俳人であるが、もちろん自身を褒めたたえているのではなく、まだ俳諧の連歌と呼ばれていた頃の遥かむかしの先輩方が、鳥や猫の発情を面白がり、句材に「季の詞」として取り入れたことが、まことにあっぱれだと敬服するのである。それは和歌や連歌で扱われた「鹿の恋」の雅に対しての、「鳥の恋」「猫の恋」の鄙びであり、アンチ・テーゼでもあって、俳諧精神の滑稽かつ新しさの探求ともいえるだろう。

そのことも真空のなかや鳥交る　　森澄雄

鳥は地面や枝に止まってもねんごろになるが、この句に描かれているように空中でも交わる。「そのこと」という表現が、なんとも奥床しい。「真空」の「真」は接頭語であり空の美しさを讃える響きを持っている。同時に、その真っ青な空での鳥の恋模様も尊いものとして映し出されているのだ。切字の「や」は、人間には到底まねのできない離れ業ともいえる空中での行為を見上げるように詠嘆しているのである。

僕の句も「そのこと」は空中で行われている光景だ。実際歓喜にふるえているのは鳥の番のほうだけれど、それを反転して詠んでみた。二羽の熱烈な恋の顫動に、天も光り輝きながらふるえ、ふるえながら蒼く煌いているのである。

44

お題

瀬戸内海

出題者
田丸雅智／ショートショート作家
二九歳・男性

触れた者みな海賊になるという瀬戸内海のお化けかぼちゃよ

穂村　弘

瀬戸内海に浮かぶ小さな島に太古の昔から巨大なかぼちゃが生息しているという。人間よりも大きくて赤や黄の原色に黒の水玉模様という怪物である。歴史に名高い村上水軍を始めとして瀬戸内の海に生きた海賊たちは、実はこのお化けかぼちゃの念力によって操られていたという噂がある。おとなしい島の人々が、これに手を触れると、たちまち別人のようになって海の荒事に繰り出していったという。現在は休火山のように活動を停止しているが、かぼちゃの心は誰にもわからない。異形の姿に惹かれて集まってくる観光客も、遠巻きに眺めているだけで近づく勇気のある者はいない。思い切って触ってみたら、もう一人の〈私〉に出会えるかもしれない。煌めく命。でも、その時はもう元の自分には戻れない。それでもいい、と思う日が来るだろうか。というのはすべて妄想で、直島の「赤かぼちゃ」「南瓜」は前衛芸術家草間彌生の作品である。みんなべたべた触っている。

蝶生れて瀬戸内海の綺羅となる

堀本裕樹

かつて僕は、東京から尾道へ数年通ったことがある。尾道大学の非常勤講師として「文芸創作入門」という授業を受け持っていたのだ。最初のうちは、日帰りだったので体力的にきつかった。新幹線で新尾道駅まで四時間ほどかけてたどり着くと、すぐにタクシーに乗り換えて大学まで向かい、一息つく間もなく、教室に向かうのである。往復で約十時間の長くて慌ただしい通勤はたいへんだったけれど、学生たちとの句会はほんとうに楽しかった。

そのうち、宿泊費が支給されるようになり、よけいに学生との交流が深まった。授業のあと、一緒にご飯を食べたり、飲みに行ったりした。缶ビール片手に、夜の尾道水道を眺めながら、とつとつと語る学生の将来の夢の話に耳を傾けたこともあった。そのとき三十代だった僕は、まるで自分も大学生に戻ったような気持ちになり、尾道の夜のやさしい海の匂いに包まれていた。

宿泊してチェックアウトすると、尾道港から船に乗ったこともあった。檸檬で有名な生口島の瀬戸田港まで半時間ほどで到着するのだが、その島出身の平山郁夫の美術館が目当てで何度か乗船したのだった。

船に揺られながら、穏やかで凪まで眩しく感じられる瀬戸内海に目を細めた。このままずっと知らない島々を巡って旅を続けたい気分にさせられた。

この辺りで生まれるすべての生き物は、まもなく瀬戸内海のきらきらした凪に吹かれるのだろう。蝶々も生まれると、やがて瀬戸内海の凪に乗って光にまぎれ青やかに舞い上がるのだろう。

45

お題

おいてけぼり

出題者

小松孝知／運送業

五〇歳・男性

妹の寝顔の上の蟻を吹くおいてけぼりのアリスの姉は

穂村　弘

『不思議の国のアリス』が、もしも今書かれたら、その結末は夢オチと云われてしまうだろう。でも、当時はたぶんそんな言葉は無かったと思う。白ウサギの後を追って穴に落ちたアリスは波瀾万丈の冒険をする。けれど、本当はずっとお姉さんに膝枕されていたのだ。不思議の国でアリスが伸びたり縮んだりしている間、お姉さんは川辺の土手に座って静かに本を読んでいた。妹の寝顔に散りかかる木々の落葉を、やさしく払いのけながら。でも、どんな夢を見ているかは、もちろんわからない。仲の良い姉妹でも、夢の中には入れない。「おいてけぼり」だ。その時、寝息を立てている妹の顔の上に一匹の蟻がいるのに気づく、はっとしてつまみ上げようとした手が、ふと止まる。けれど、アリスは目覚めない。ただ微かに顔を歪めている。蟻は何かを探しているのか迷っているのか、あっちへうろうろこっちへうろうろ。アリスの息が荒くなる。夢の中では、いったい何が起こっているんだろう。

化石てふ置いてきぼりや青時雨《あおしぐれ》

堀本裕樹

始祖鳥の化石を一目見たくて、上野の国立科学博物館に行ってきた。すでに春休みに入っていたので混雑するだろうなと思っていたのだが、普段は休館日の月曜も開館していたのでそこを狙って行くと案外空いており、ゆっくり見ることができた。

教科書でしか見たことのない始祖鳥の化石を実際目の当たりにすると、一億四千七百万年前のジュラ紀の息遣いのようなものが、遥かなる時を超えて静かに、ガラス越しからでも伝わってくるようだった。

ジュラ紀は爬虫類が著しく隆盛を極め進化した時代であり、始祖鳥は爬虫類と鳥類をつなぐ存在だとされている。本展の図録には「恐竜のような歯やカギヅメ、そして長い尾を持つ一方、現在の鳥類のような翼と羽毛を持っていた」と記されているが、始祖鳥が実際羽ばたいて飛ぶことができたのか？　という問いに対する答えはまだ明確ではないらしい。

それから図録にはこんなことも書いてあった。「始祖鳥は第一標本の風切羽を含めても、これまで十二点しか学術的な報告はされていない。あれだけ有名な種なのに、化石の少なさに驚かされるのではないだろうか」と。

いやいや、と僕は逆に驚かされる。古生物学に詳しくない無知な僕は、始祖鳥の化石なんて奇跡的に残っていたものだろうから、一点ものだとずっと思っていたのだ。十二点も残っているのかと妙に感心してしまった。

今回「おいてけぼり」＝「置いてきぼり」という題で句を考えていると、そういえば究極の置いてきぼりは化石ではないか！　と閃いた。季語は「青時雨《あおしぐれ》」で、夏の雨が上がったあとに青葉から滴り落ちる雫のことである。

46

お題

愛嬌

出題者

山田邦子

／

出版社受付係

六〇歳・女性

刑事コロンボのふしぎな愛嬌の源にして硝子の右眼

穂村 弘

「刑事コロンボ」をやっていると、ついテレビの前に座ってしまう。小学校の頃から何度も見ているはずなのに飽きることがない。いわゆる倒叙物のミステリーなので、犯人は最初からわかっている。彼らはたいていプール付きの豪邸に住んでいる。一方の主人公はよれよれのレインコートを着た小男で、ぜんぜん恰好よくない。にも拘わらず、見ているうちに少しずつ不思議な味わいに惹きつけられる。そんなコロンボ役を演じているピーター・フォークが義眼だということを、ずいぶん後になってから知った。ウィキペディアには「3歳のとき右眼に腫瘍が発見され、眼球の摘出手術を行なう。それ以来、右の眼孔には義眼をはめている」と記述されている。云われてみれば、微妙に表情が非対称で、けれど、それがまたなんとも云えない魅力を生み出しているのだ。

掌に愛づる愛嬌のある尺取を

堀本裕樹

シャクトリムシを初めて見たとき、「なんよ〜、これ?」(「なんよ」は和歌山弁。大阪弁だと「なんや」になる)と子どもながらに目が点になったものである。とにかく歩き方が独特でかわいいのだ。

漢字で書くと、「尺取虫」。尺蛾の幼虫で、前進するときに尺を計るように体全体を屈伸させて歩くことからこの名が付いた。木に止まっているときはその枝に擬してじっとしている。ふだんの歩き方とのギャップもなかなか萌えるポイントかもしれない。

むかし、野良仕事の人などがあまりに木の枝にそっくりだったので、枝に擬して静止していた尺取虫に思わず土瓶を掛けて割ってしまったという逸話から「土瓶割」の異名もある。けれども、尺取虫にとってみれば突然重い土瓶を掛けられたのだから、堪ったものじゃない。自分の体重の何百倍もあろう土瓶を体に掛けられては耐えきれないのは当然である。尺取虫側から言わせたら、まるでこっちに非があるような土瓶割てな、不名誉な名前、付けんとってくれるかと思っているに違いない。人に対しても虫に対しても、失敗した事柄をあだ名のように用いるのは、まことによろしくないことではないか。

尺蠖の尺とり疲れ吹かれをり　　朝鍋住江女

伸びたり縮んだりしつつ、ひょこひょこ歩くのも骨が折れるのだろう。しばし立ち止まって、物思いに沈むように風に吹かれているのである。尺取虫は愛嬌があって、どこかしら人間臭い。歩き疲れた尺取虫もやがては蛾になって、宙を自由に飛び回る。飛べるようになった蛾は、地面を一生懸命歩いていた頃のことを果たして憶えているのだろうか。

47

お題

うらはら

出題者

五戸真理枝

「文学座」劇作・演出

三六歳・女性

カラスカラスその賢さとうらはらに愛されなくて目を光らせる

穂村　弘

普段見かける鳥の中で、圧倒的に賢そうなのはカラスだ。鳩や雀とは違って、目が合うって感じがする。こちらの動向を窺っているというか、時には、心を読もうとしているとまで思えることがある。試しに「カラス　知能」で検索してみると「別格」「脱帽」「羽をもった霊長類」などの言葉が表れた。やっぱりなあ。彼らは人間の個体を見分けて記憶できるらしい。さらには、敵と判断した人物の情報を仲間に伝達して集団で攻撃することもあるとのこと。怖ろしい。敵だと思われたくない。賢いのと愛されるのは比例しないってことは分かっている。でも、カラスの場合は愛されなさすぎじゃないか。あの色とか声のせいだろうか。それとも賢さの質の問題か。カラスは犬よりも独立心があって猫よりも向上心があるような気がする。また、知能のみならず学習能力も高そうだ。人間の地位を脅かすとまではいかなくとも、そこに近づいてくる感触めいたものがある。だから疎まれるのか。そう考えると、神様は人間が好きじゃないのかもしれない。

花桐や夕ごころとはうらはらの

堀本裕樹

五月の末に親切にしていただいている岐阜の先輩俳人のお誘いで、白川郷と五箇山を吟行した。どちらも合掌造りの集落で世界遺産に登録されている。ただ茅葺きの合掌造りが現存しているだけではなく、そこでは人々の生活が営まれている。かつて俳人の能村登四郎が、こんな句を詠んで感動に打ち震えた。

暁紅に露の藁屋根合掌す　　登四郎

季語は「露」で秋。茅葺きに張り付いたあまたの露が夜明けの紅の光に輝きわたる。白川郷で詠まれた、まさに祈りの一句である。

僕たちは岐阜から最終目的地の五箇山まで、富山方面に向かってひたすら自動車で北上していった。その車窓を流れる山々の若葉青葉の色調は晴天の日差しをやわらかく照り返していた。ひるがの高原のサービスエリアで休憩し、濃厚なバニラアイスを食べながら、まだ雪の残っている遥かな白山を眺めた。

緑よりみどりへいざや五箇山へ　　裕樹

見渡すかぎり緑に囲まれた道を進んでいると、車窓から藤の花や桐の花が時折見えた。涼しい高原地帯なので、平野よりも花の開花が少し遅い。木々からしだれるように山藤が垂れ、山肌から抜き出るように桐が立ち上がり、淡い紫の花を神々しく掲げていた。桐の花が現れるたびに、僕は眩しく目を凝らした。落葉高木の桐は気品に充ちた樹形をしており、筒形のその紫の花はどこかしら憧れのような気持ちを抱かせるのだった。俳句では「花桐」とも呼ばれて詠まれるが、夕暮れになって心がどことなく沈鬱としてくるなかでも、桐の木は揺るぎを見せない。姿勢を正したまま夕日にその紫を掲げて、なお凜々としている。

48

お題

忖度《そんたく》

出題者

迫田朋子

／

ジャーナリスト

六一歳・女性

「忖度」とひとこと云ってねむりこむ悟空を抱いて浮かぶ觔斗雲

穂村　弘

近年のカーナビゲーション・システムは進化していると聞く。ＧＰＳ衛星からの位置情報との連動に加えて、渋滞や交通規制についての情報も反映されているらしい。でも、まだまだ「觔斗《きんと》雲《うん》」には及ばない。辞書によると「觔斗雲」とは「西遊記で孫悟空の乗る雲。ひと飛びで十万八千里を行くという」。そもそも空には渋滞も交通規制もない。その上、「忖度《そんたく》」とは、究極の全自動運転モードである。その言葉を告げるだけで、乗る者の無意識までをも推し量って、行くべき場所へ向かってくれるのだ。義理か人情か、ミッションか愛か、愛Ａか愛Ｂか、孫悟空自身にも判断がつかない時さえ、「觔斗雲」は迷うことなく目的地に飛んでゆく。だが、その時、忠実なる雲は動かなかった。ただ浮かび上がって静止している。自らの使命も戦いも忘れて、青空の中で白い雲に包まれて、いつまでも眠っていたい、という悟空の心を「忖度」したのである。

忖度をし合ひ差しあふ冷酒かな

堀本裕樹

昨今、森友学園の問題をめぐって「忖度」という言葉に注目が集まったが、僕も以前から時折会話のなかで使うことがあった。けれども、僕は良いほうの意味合いで使っていたから、なんだかこの問題が起こって使用しづらくなった。どうも世間的に悪いほうの意味合いに強く傾いたように思うからだ。

『広辞苑』には、「他人の心中をおしはかること。推察」とある。このように元々は、中立的な意味なのである。「忖度」を使用する文脈によって、悪心的にもなれば、善心的にもなるということだ。

僕は善心的な文脈で使っていたから、この問題で「忖度」という言葉が汚されたように思えてちょっと悲しい。たとえば、句会の選評なんかで、「この句のなかであえて省略されている作者の気持ちを忖度すると」、といった感じである。俳句は十七音しかものが言えず、省略されている部分が多いから、句意を推察することが多々あるのだ。

とはいえ、良いほうの意味合いで「忖度《そんたく》」を会話のなかで使っていた僕だけれど、今回自分が作ったこの句をみると、やはり俳句は省略されている部分が多いからか、悪い場面にも良い場面にも受け取ることができる。

怪しげな談合の場面にも、また初めて彼女の家を訪れて挨拶する彼と、娘の父とが酒を酌み交わす気遣いの場面のようにも見える。しかし今の世の中の流れでいうと、この句も前者の悪心的な談合の場面に解釈されがちではないだろうか。「冷酒」という季語もこの句ではなんとなく悪い響きが感じられる。

「忖度」の意味合いが、いつか世間でふたたび中立に戻ることを祈っている。

49

お題

共謀罪

出題者

藤田直哉／文芸評論家

三四歳・男性

友だちがひとりもいない僕の目の中に燦めく共謀罪よ

穂村　弘

よく理解できていなかったので、改めて検索してみたところ、共謀罪で処罰される行為は「テロリズム集団その他の組織的犯罪集団（犯罪の実行を共同の目的として結成されている団体）の活動として、対象となる二七七の犯罪を二人以上で計画すること」らしい。文中にある「集団」「組織」「共同」「団体」「二人以上」のすべてが複数性を意味していることに気づく。そこまで強調するのはどうしてなんだろう。逆に云えば、一人ならどんな計画を立ててもいいってことか。何度も読み返していると、頭の中に、親の顔を知らずに生まれてから一度も友だちも恋人もできたことのない天涯孤独の「僕」の姿が浮かんだ。「僕」を基準にすれば、友だちや恋人や家族を持っている人々は、その全員が相対的には有罪なんじゃないか。友情や愛や幸福への共謀罪だ。

喰らひ合ふ夜食共謀罪めけり

堀本裕樹

今では「夜食」というと、受験生やサラリーマンがもうひと踏ん張りするために摂《と》るイメージだが、それでは秋の季語である説明にはならない。夜食は季節を問わず食べるからだ。では、なぜ夜食は秋の季語なのか。

もともと夜食は、秋の収穫時期に夜遅くまで働く農家の人たちが摂る意味合いであった。「夜なべ」という言葉は現代でも使われている秋の季語だが、これは本来夜遅くまで鍋で夜食を作りながら仕事をするという意味だった。いわゆる夜なべ仕事といわれるけれど、むかしは粉ひき、糸ひき、俵編み、草履作り、縄ないなどを指したのである。

僕も夜食を摂るけれど、だいたい夜遅くまで原稿を書いているときか、俳句の選をしているときが多い。しかし、ちょっと小腹が減ったときに満たすものなので軽食というほどのものでもない。そしてそのときの好みによって、食べるものが違ってくる。

たとえば、一時芋けんぴに凝ったときがあった。夜中に芋けんぴを一本ずつ嚙みしめるように食べると、張り詰めていたものがゆっくりほどけていくのである。どういうわけか頭を使う作業をしていると甘いものを欲するものだ。芋けんぴは申し分ない甘さだし、芋だから食べているうちにお腹も膨れてくる。

この原稿は昼間に書いているけれど、キーボードで「いもけんぴ」と打つと、「胃も県費」「芋県費」の変換を経て、やっと「芋けんぴ」にたどり着いた。県費などでなくていいから、また自費を投じて食べたくなってきた。

この句は夜食を何人かでむさぼるように食べている。油でぎとぎとした歯や舌や唇は、何やら犯行を企んでいるようだ。

50

お題

ぴょんぴょん

出題者

馬場あき子／歌人

八九歳・女性

ぴょんぴょんとサメたちの背を跳んでゆくウサギよ明日の夢をみている

穂村 弘

ぴょんぴょん、ぴょんぴょん、と呟いていたら、神話に出てくる白ウサギのことを思い出した。隠岐《おき》の島から因幡《いなば》の国へと海を渡るために、そいつは悪知恵を絞ったのだ。「私たちウサギと、あなたたちサメと、どちらの一族の数が多いか、較べっこしましょう」という口実で、サメたちを騙《だま》してずらっと海に列ばせた。そして、一匹、二匹、三匹、と数えるふりをしながら、背中を飛び石のように渡ってゆく。ウサギの心の中は、その先にあるはずの因幡の国のことでいっぱいだった。そこには柔らかくておいしい草がいっぱい生えているという。だが、ウサギを待ち受けていたのは、怒ったサメに毛皮を剝《は》ぎ取られて、神様に嘘の治療法を教えられて、別の神様に助けられる、という思いがけない運命だった。短歌の中のウサギは、まだ自らの未来を知らない。眩しい海の光と潮風の中をぴょんぴょん跳んでゆきながら、ただ幸福な夢を見ている。

ぴょんぴょんと熊楠跳ねて秋の山

堀本裕樹

ひだる神のことは南方熊楠《みなかたくまぐす》を読んで初めて知ったのではない。父の体験談に出てくるそれを聞いたのが最初であった。

熊野で生まれ育った父は中学生の頃、よく友人と目白《めじろ》を捕りに行ったという。今から約六十年前の話である。季節は六月、早朝家を出ると、熊野本宮の山を二時間近く奥へ奥へと歩いて、目白の捕れる場所にたどり着いた。囮を入れた籠の近くに鳥もちを何本か仕掛けて、目白が来るのを待つのである。

目白捕りはさんざん山道を歩いて動き回るので、昼を待たずに腹が減る。それで早弁をする。その時代はまだ白米が貴重だったので、麦飯の握り飯がほとんどだったという。しかし麦飯は腹持ちが悪い。目白を捕り終えた暮れ方、山道を帰るときにはすでに腹ぺこであった。すると、父は突然身動きがままならなくなり、山道にうずくまった。

「だるにつかれたな」と友人らが口々に言う。

「ゆっくり行こか。もうちょっとで村が見えてくるさか、気張れよ」

友人らに励まされながら、父はなんとか村にたどり着くと水を飲んだり、とにかく何か口に入れた。そうすると、だんだん気力が回復し落ち着いたという。だるが落ちたのだ。

南方熊楠は論考「ひだる神」のなかで、「いわゆるガキに付かれたことあり」と告白している。那智山で植物採集をしていた熊楠は、ガキ＝ひだる神に憑りつかれて動けなくなった。「それより後は里人の教えに随い、必ず握り飯と香の物を携え、その萌しある時は少し食うてその防ぎとした」と述べている。

この句はだるに憑かれていない熊楠だ。秋の山中を駈け回り採集に勤しむ姿を詠んだ。

あとがき対談

穂村弘×堀本裕樹

短歌と俳句――二人での連載

堀本　第一回の原稿は夜中に携帯で書いたんですよ。穂村さんの姿がぼうっと浮かんできて、穂村さんは「椅子」という題でどんな一首を作るんだろう、穂村さんの短歌に対抗し得る俳句って作れるんだろうかとか、考えていたら、穂村さんが、ふふふふふって何か微笑みながら浮かび出てきて。だから第一回のエッセイは幻想なんだけど実話なんです。僕は二回目から、エッセイで自分のことをわりと語り出すんですけれども。

穂村　連載って、最初の一、二回は、後から読むとそこだけ雰囲気が違うみたいになりがちですね。僕は題を考えるときに、最初はまあ名詞からかな、だんだん動詞、形容詞、オノマトペも出てくるだろうから、ぐらいの感じで「椅子」にしたんだろうと思います。実際に、二回目の堀本さんからの題は「動く」で動詞になっています。

堀本　そして二回目から、僕は「僕の故郷は和歌山である」ってエッセイで宣言しています。はっきり故郷を示したうえで、自分が経験してきたことや幼いころのことを書いたほうが読者にわかりやすいだろうと思ったんですよね。それで二回目は、熊野本宮のおばあちゃん家《ち》の外にある便所が怖いこと、そこに現れたカマドウマ、古名で「いとど」って言うんですけれども、それを詠んでみました。

穂村　堀本さんのルーツですね。

堀本　そうですね。「動く」という題で、穂村さんもちょっと記憶を探ってますよね。

穂村　僕は全体に、きっちり書いてしまうと、何か異化作用が起こらないように思えて。自分でも思いがけないことを書きたいという感覚がかなりあるんです。もちろん短歌にはそれが入っていないと成立しないんですが、どうすれば自分でも思いがけないことが書けるのか、ということを重視するので、逆にどうでもいいことを書いてしまう。風呂の椅子が透明で見えないとか、消しゴムかけたらその滓がうようよ動くみたいなことを書きがちなんです。

堀本　よくこの連載の読者に言われたんですよ。「堀本さんと穂村さん、全然テイストが違いますね」って。そこがおもしろい、と。

穂村　ジャンルの違い以上に、気質や体感が違うタイプですよね。

堀本　そうですね、本当に。俳句と短歌というジャンルの違いだけじゃなくて、お互い持っているものの出し方とか書き方が全然違うので、そこがコントラストになっているかな、と思います。

俳句の季語、短歌の造語

穂村　たとえば、「まぶた」の回。「料峭《りょうしょう》や」――全く知らない言葉です。これはやはり解説を書いてもらわないとわからなかった。季語でしょう、これ。

堀本　春の季語で、「春風がまだ寒く感じられることをいう」。

穂村　情報量が多いよね。「料峭」で、春風がまだ寒く感じられることをいうんだ、みたいな。次もだな。「青き踏む唾棄すべきことこなごなに」も、「青き踏む」が季語らしい顔をしていないので逆にわからなくて、この語法は何？　みたいに思ったけど、あ、これ季語なんだって。「料峭」は、知らない季語なんだろうと思うけど、「青き踏む」は、これが季語だということも気づかずに読んでいたから。

堀本　普通に詩語みたいに見えますよね。「青き踏む」は詩的な表現みたいで。

穂村　そういうそもそもの俳句の特性みたいなものが、すごくおもしろかった。「瓜番」とかも、後半のほうで出てきて、あ、こんな季語があるんだ、と。畑で瓜の番をして泥棒されないようにするっていうことなのかな。

堀本　そうなんですよ。「瓜番」って何で出てきたかというと、エッセイにも書いた「先生が瓜盗人でおはせしか」という高浜虚子のおもしろい句があって、まさかあの先生が瓜を盗んでいたなんてという……。「おはせしか」なのは、一応先生だから。

穂村　この敬語がね、おもしろいですよね。

堀本　その虚子の句の「瓜盗人」に触発されて、「瓜番」という季語が僕の頭に浮かんできて、「適性」と組み合わせたらおもしろいんじゃないかなと閃いたわけです。穂村さんの一首は、「火星移民選抜適性検査プログラム」の造語が独特ですね。穂村さんの短歌を見ていくと、こういう造語というか、穂村さん独自の世界観を表した言葉が散見されますよね。

穂村　短歌には季語とかはないわけだから、勝手にそういう変な、例えばベクレルを日本語で何て言うのかを僕は知らなかったから、ベクレルってそもそも何だろうと思って調べると、まず人名だというのが出てきて、それから和名では「壊変毎秒」――ひどく怖いんです。刻々と何かが壊れていくみたいな文字に見えるから。これを連載していた時期は特にそうだったけれども、我々の意識がまだかなり原発の事故から生々しい時期だったから、そういう異化作用みたいなものを導入するという感じがあったかもしれない。

堀本　そこがおもしろいと思いましたね。こういう言い方が合っているかどうかはわからないけれども、異化された表現に何となく季語的な言葉の強さが出てくるというか、穂村さんが考え出した造語が、すごくその一首の中で季語的な中核の光を放って響いてくるので、その働き方がおもしろいなと思いました。

さまざまなお題と出題者

穂村　短歌ではよく、言葉から作る人と出来事から作る人と二つのタイプがあるみたいに言われるんだけど、僕はどちらかというと言葉に反応しやすいんですよね、今回は題があって、出題者と題がめちゃくちゃつきすぎぐらいの人と、ちょっと意外なその人の何かを感じさせるような人とがいて、つきすぎ例だと、アラーキー「挿入」とか、朝井リョウ「ゆとり」とか、ベタな攻めで来る場合があるけれども、逆にその組み合わせ自体が詩的だと思うのは、壇蜜さんの「安普請」。壇蜜と安普請というのがかけ離れているようで、どこかついているのが、おもしろいですよね。ゴージャスなものが来ても合うんだけど、安普請という言葉も妙に似合うんです。

堀本　壇蜜さんご自身と題「安普請」との距離のとり方って、絶妙ですよね。

穂村　やっぱり何か詩人を感じさせる。「安普請」という言葉をわざわざ出してくるのもおもしろい。又吉さんの「唾《つば》」とかも、妙に何か印象的で。

堀本　かなり印象的でした。

穂村　あと十二歳の女の子の「黒」とかね。これも十二歳だと思うと、「黒」なんだ——みたいな、ミステリアスなものを感じました。一方で、整体師の人が「背骨」とかね、牧師さんが「罪」とか、もうそれしかないだろうみたいな、真っ向から来る感じの題があったり。誰がそれを出したかというのが、結構おもしろいですよね。

堀本　おもしろかったですね。

穂村　難しい題とかありましたか。

堀本　僕はね、やっぱり時事的な題が一番難しかったんですよ。

穂村　なるほどね。「共謀罪」とか。

堀本　まあ「忖度《そんたく》」はまだ……。
穂村　一般の言葉でもあるからね。
堀本　そうなんです。あと何がありましたっけ。
穂村　「放射能」も、多分時事的なニュアンスで出されたんでしょうね。
堀本　「放射能」とか「共謀罪」って、俳句でなぜ難しいかというと、どうしても川柳というのが一方にあって。
穂村　時事的なものを扱う。
堀本　実は俳句と川柳の線引きというのは、すごく曖昧なんですけれども、でも下手をすると、これ川柳じゃんって言われる。決して川柳を下に見ているというわけじゃなくて、これ川柳だよねって言われがちなんですよね、そういう時事的なことを扱うと。それをどうやって自分の俳句にするかというところで、すごく考えましたね。
穂村　なるほどね。確かに、後から見るとわからなくなりがちですよね、時事的なものは。
堀本　「共謀罪」で言うと、僕はいわゆる政府が法案化した共謀罪という意味合いからずらして詠んでいるわけですよ。「喰らひ合ふ夜食共謀罪めけり」というふうに。「めけり」というのは、「らしく見える」という意味ですから、そこもまたちょっと屈折させて詠んでいる。これは苦心の跡ですね。
穂村　これが題詠じゃなくて、テーマ詠つまり「共謀罪」という言葉を入れなくていいのであれば、本当に共謀罪のことを詠い得ると思うんですよ。でも逆説的なんだけど、「共謀罪」という言葉を入れろと言われると、現実の共謀罪のことは詠いにくいですね。

堀本　そうですね。穂村さんはどうでしたか、この「共謀罪」。「友だちがひとりもいない僕の目の中に燦めく共謀罪よ」。

穂村　やはりずらしているわけですよね。友情や愛や幸福を複数の人間たちが求めることは全部共謀罪だという考え方だと、全家族を逮捕せよみたいな、全恋人を取り締まれみたいなことになる。

堀本　共謀罪の意味合いを穂村さんの想像力で拡張していますよね。

穂村　でも、それは「共謀罪」という言葉を使えと言われたから、そうなった。あと、実際の難しさとはまた別に、聞いた瞬間、あ、わざと難しいのを出してきたなと思った人が二人いて。一人は北村薫さんの「謀叛《むほん》」。もう一人は西崎憲さんの「適性」。この二人は詩歌のことをよく知っていて、余り詠われないゾーンに球をわざと投げてきたと思う。実際にはそこまで作りにくいわけじゃないけれども、自分も多分作りにくそうなゾーンに球を投げようとすると、そうなる。何かあるんですよ。例えば体のパーツの中でも、比較的作りやすいパーツと作りにくいパーツみたいなものがあって、例えば目とか髪は、作られすぎていて逆に難しい。

堀本　いろいろ類想がありそうですね。

穂村　だから耳とかそれぐらいのほうが目や髪よりは作りやすくて、多分へそとか難しいと思うんですよね。何か象徴的な意味を持ちすぎる。生命の源で人体の中心でみたいな。
堀本　僕は「謀叛」とか「適性」の題を聞いたとき、よし作ってやろうという気持ちになりましたね。その題に対しての、穂村さんとの反応の仕方が違うのもおもしろい。
穂村　何か聞いたとき難しいかなというのと、実際に作るときの感じはまたちょっと違って、僕は「四十八」も意外と苦労したんだよね。
堀本　それはエッセイの中でも書いていましたね。
穂村　作れるんだけど、誰もが思いつくようなもので。
堀本　で、ＡＫＢ48を出してきたという――。
穂村　そう（笑）。よくわからないけれども、ＡＫＢにした。
堀本　でも、ＡＫＢを登場させながら、「原子炉の爆発を止めるため」に四十八人が「走り出す」わけですよね。そこのギャップというか、取り合わせがおもしろい。原子炉ときたら、やはり風刺的になってくるじゃないですか。
穂村　でも、いつもの自分とも言えるかな（笑）。僕は普通にやると、そうなるんです。
堀本　あ、そうですか。その辺をちょっとお聞きしたいですね。いつもの自分のスタンスなんですね、ＡＫＢの一首というのは。
穂村　「ＡＫＢ48が走り出す原子炉の爆発を止めるため」、みたいな発想は、自分らしいって思います。

堀本　なるほど。

穂村　言いそうなことだ、と。

堀本　いや。でもその辺、客観的に自分でそう言えるんですね。

穂村　苦しくなると、いつもの自分になる。

堀本　ああ……それはそうですね。

穂村　追いつめられると、いつもの型にどうしてもなりませんか？

堀本　なりますね。

穂村　あるよね。得意なパターンにどうしても頼って、この場を何とかしようみたいになる。

堀本　僕は「四十八」と聞いて、もうすぐひらめいたのが四十八滝。

穂村　そういう感じの句ですね。あれは、ナチュラルにすぐできた句という感じがしますね。

堀本　そういう意味では、「角落ちて四十八滝鳴りやまず」の句も自分の得意分野に引っ張っているかなという感じはします。僕は和歌山市生まれで両親が熊野本宮なので。四十八滝ってすごい土俗的じゃないですか、言葉そのものが。

穂村　ええ。その逆に、題にちょっと悩んだからできたみたいな句もあるような気がして。

これがそうじゃないかな。「挿入」という題の句の「挿入歌」。
堀本 そうですね。荒木経惟さんの題「挿入」は苦心しましたね。
穂村 挿入をちょっと微妙にずらしたいというか、そういう意識で考えると、なるほど「挿入歌」か、と。全然僕は思いもしなかったけど「挿入歌」という言葉があったな。確かに「挿入」と「挿入歌」にはイメージの差がある。逆に言うと「挿入」という難しい題を出されなければ、多分できなかった。
堀本 たしかに。普通に俳句を作っていて、「挿入歌」で詠もうとはなかなかひらめかないです。
穂村 だからそういうふうにぱっと出るときは、いいのかな。
堀本 穂村さんの、「ちくわの穴にチーズ挿入したものを教卓に置き」というのは？
穂村 これは珍しく実話なんだよね。
堀本 え、そうなんですか。これおもしろい場面ですよね。本当にやったんですか？
穂村 僕がやったわけじゃないけど、クラスの誰かがやって、みんなでかたずを飲んで先生の反応を見ていたら、激怒、号泣みたいな思いがけない反応だった。
堀本 エッセイにある「これは何！」という先生の反応は、本当のセリフなんですね。
穂村 うん。
堀本 へーえ。小学生のときですよね。

穂村　中学生はもうやらないでしょう（笑）。

堀本　僕も小学生のとき、すごい似顔絵がうまいやつが、黒板にその先生そっくりの似顔絵を描いて、同じようにみんなかたずを飲んで見ていたんですよ。先生が教室に入ってきて、どういう反応するかなって。すると、めちゃくちゃ怒り出して、その先生。「誰だあ！」って。その反応が思いがけなく怖くて。先生が何で怒り出すのかわからない体験でした（笑）。

穂村　喜んだっていいのにね、似顔絵だったらね。

堀本　そうそう、そう思ってたんですよ。

穂村　気に入らなかったのかな。

堀本　そうですね。だから穂村さんの一首を見て、そんなことも思い出しましたね。

切字とは何か

穂村　あと、俳句で季語と並んでわからないのは切字なんだけど。例えばこの「かわいい」の回は、「山雀《やまがら》のかわいい舌や」じゃいけないんでしょうか。

堀本　僕の感覚では、「や」でももちろん切字として働いて、句としては成立するんですけれども、この「よ」は山雀かわいさの「よ」ですね。

穂村　感情があふれているわけだ、そこで。

堀本　そうです。「や」にすると、若干乾いた感じになるんですけれども、「よ」にすると、ちょっとウエットになって抒情が増す感じがするんです。「春の宵」という、これも抒情的な季語なので、ここは「や」よりもやわらかい響きのある「よ」かなと思ったんですよね。

穂村　ここに「や」という切字を置くと、何かずれているみたいに感じるのですね。

堀本　微妙なところですが、ニュアンスとしてやっぱり「よ」ですね。

穂村　なるほどね、でも、自分ひとりではわからない。切れるという感覚が、わかるようでわからないんです。

堀本　でも昔の短歌って、「や」とか「かな」とか使っているじゃないですか。あれって……切字の感覚はないのですか。

穂村　与謝野晶子の「かまくらや」は、両方入っている。

堀本　入っているんです。鎌倉大仏のある高徳院に歌碑がある。

穂村　「かまくらや御ほとけなれど釈迦牟尼は美男におはす夏木立かな」。けっこういいかげんな「や」と「かな」じゃないかな、これ。全然切れてないじゃない。

堀本　「かまくらや御ほとけなれど釈迦牟尼は美男におはす夏木立かな」。何か調子を整える感じで入れているんですかね。でも、「かまくらや」で場所を称えて切字的に強調しているようにも感じられるかなあ。

穂村　そのぐらいのイメージですよね。短歌ってそういうのが多くて、虚辞っていうのかな、調子を整えるための何か意味そのものはない言葉みたいな。

堀本　穂村さんに逆に切字でお聞きしたいのは、俳句って切字を使えばもちろんそこに切れが発生するんですけれども、切字を入れなくても切れは発生するんですよ。穂村さんの短歌でも、ここで軽く切れるよねっていう、切字はないけれども、切れの感覚って多分あると思うんですけれども、そこは意識して作られていますか。

穂村　ありますよ。最終回の「ぴょんぴょんとサメたちの背を跳んでゆくウサギよ明日の夢をみている」、「ウサギよ」の「よ」とかは、ちょっと切るつもりの「よ」なんです。

堀本　なるほど。

穂村　「ウサギは」とか「ウサギが」とかじゃないんです。だから、昔ほどではないけれども、やはり韻文性がどこかにインプットされていて、ここは切るところなのかな、という感じが、そういう「よ」を要請してくるような気がしますね。

堀本　49番の「友だちがひとりもいない僕の目の中に燦めく共謀罪よ」、最後に「よ」を置いているじゃないですか。この「ウサギよ」と「共謀罪よ」は、ちょっと感覚が違いますよね。

穂村　違いますね。「共謀罪よ」のほうが苦し紛れじゃないかな。音数を整えている。別にここに詠嘆があるとも思わないから、単に一音足すぐらいの感覚。「ウサギよ」は切るつもりの「よ」です。ここで軽く切るので、「明日の夢をみている」のは、ある程度自分になるよね。直接的にはウサギなんだけど、ウサギと自分が最後にここでちょっとオーバーラップするようなニュアンス。

好きな俳句、好きな短歌

穂村　好きだったのは、11番の「カルピスの氷ぴしぴし鳴り夕立《ゆだち》」。いいですね。

堀本　ありがとうございます。

穂村　氷と夕立で水物がかぶるんだけど、そこが逆にいいなっていう感じがしました。

堀本　これは本当に、全く実体験。子どもの頃、カルピスをよく飲んでました。

穂村　これは「鳴り」も書かないといけないのでしょうか。

堀本　「鳴り」の連用形から「夕立」につながる調べの勢いを大事にしたつもりです。夕立は「ゆうだち」じゃなくて、「ゆだち」という縮めた読み方をすることで、激しさというか急の感じを出したかったというのはありますね。

穂村　あとこれも好き。「瞑目を窘められてジャズ暑し」。この「瞑目を窘められる」って、すごく新鮮な感じがしました。瞑目をたしなめられる瞬間って、どんな場合だろう。もちろん、それはエッセイを読めばわかるのだけど、この句だけからは当然わからないから。ジャズを聞いているとか、なぜかというのは。僕はこれを最初読んだときは恋愛みたいなシーンをイメージして、目をつぶって自分の世界に入っていることを、恋人にたしなめられたのかなみたいに読んだんだけど、瞑目をたしなめられるって何かすごく不思議な禁忌の感覚だな、おもしろいなと思いました。

堀本　ありがとうございます。確かに俳句だけ読むと、どういう状況かというのはわかりづらいでしょうね。

穂村　読める人もいるかもしれないけれども、ジャズを目をあけて聞くということも知らないから。

堀本　そうですね。実際、ジャズ喫茶のマスターにたしなめられてよかったなと。

穂村　やはり実体験が強いのかなあ、堀本さんの句は。

堀本　今二つおっしゃってもらったのは、実体験ですよね。

穂村　これも好き。切字がありますね。「つやつやのバターロールや秋の湖《うみ》」で、こういうの取り合わせですか。

堀本　取り合わせですね。

穂村　つまり、「つやつやのバターロール」と「秋の湖」がぴったり決まっているかどうかということですよね。

堀本　そうですね。

穂村　この湖《うみ》が湖じゃない普通の海ではもう壊れちゃうし、ぱさぱさのバターロールでも壊れちゃうし、バタートーストでもだめだし、どれも動かせないからこれは決まっているということですよね。

堀本　バターロールと秋の湖の取り合わせがぴったりと思う人と、別に秋の湖《うみ》でなくてもいいいんじゃないのという人がいるかもしれないけれども、僕の中では、もうこれはずばっとイメージとして出てきたので。この句を作ったときになぜか穂村さんの一首「ジャムパンにストロー刺して吸い合った七月は熱い涙のような」を思い出したんです。この歌は多分穂村さんは想像で作られたのかなと思ったんですけれども、ジャムパンにストローを刺すって、どういうときにこんな発想が浮かんでくるんですか。僕はこんなこと余り考えたことがないから、おもしろいなと思って。

穂村　でも、微妙にずれたパラレルワールドではポピュラーな振る舞いかもしれない。いや、そういうことは現実にもあって、例えば去年だったかな。Tシャツの上にブラジャーをつけるファッションがはやっているというニュースが流れたことがあって。

堀本　ええっ。

穂村　多分検索すれば出てきますよ。それを知ったとき、パラレルワールドに来たなという感じがして、僕がもといた世界では順番が逆だったけれども、みたいに思ったのね。だから、ジャムパンをストローで吸うというのも、二つ隣ぐらいの世界ではあるんじゃないかと。

堀本　その二つ隣の世界を想像できるというか、作り出せるのが、やはり穂村ワールドだなと思って。あえて聞きますけれども、実際にやってないですよね？

穂村　やってない、やってない。

堀本　でも、ここを真面目に考察すると、結構おもしろい。何かできたてのパンでたっぷりのジャムが入っていたら、ストローを突き刺したら結構吸えるんじゃないかなとか、変な考察しちゃったんですけれども。

穂村　朝起きて、食卓の上に蒸しパンとかがあって、それに体温計が刺さっていたらうれしいな、みたいなことってあるでしょう。それで引き抜くと三十六度五分とかで、蒸しパン平熱、だといいなって。でもこれって、確かに異化だけど、或る種のお笑いとかも近い感じなのでは、と。

堀本　お笑いだったら、これはどうなるんでしょうね。

穂村　わからないけど、そういう異化作用みたいなものが何かを照らし出していくということがあります。でも、いつもそういうところに僕は気持ちを持っていかれているから、現実へのチューニングはやはりよくないんですよね。いつもちょっと上の空になるというか。だから写生とかできないんですよ。ちゃんと見て描くみたいなのは。

堀本　それは、異化してしまうんですか、しようとするんですか。

穂村　異化しちゃうんだよね。

堀本　しちゃう。

穂村　ちゃんとこの世にとどまって、目の前の現実を直視して、そこから詩を抽出するみたいなことができないんですね。

堀本　できないというか、それが穂村さんの短歌の作り方であり、物の見方に反映されているということですよね。

穂村　逆に、そういうふうだから、短歌を作り始めたんです。

堀本　そこがやはり、穂村ワールド――本当にそこがぶれないところが全く穂村さんの世界観であって、僕もこの連載で同じ題で作っていて、それをすごく感じました。僕はある意味、真逆な俳句の作り方をしているので。

穂村　僕はだから自分は俳句はだめだなと思ったんです。やはり、異化しただけでは厳しいです、俳句はね。西東三鬼がいるな、とはよく思ったけど。

堀本　でも俳句って、異化したときでもやはり妙なリアリティがあるというか。

穂村　そうね。三鬼の「水枕ガバリと寒い海がある」とか、異化しているけれども、体感はリアルだよね。

堀本　そうなんですよね。そこがやはり俳句と短歌との違いなのかなと。

穂村　そうだよね。塚本邦雄と三鬼はやはり違うと思うんだ。

堀本　違いますよね。

穂村　やはり塚本には、俳句はできないと思うし、つくりもの度みたいなものとか、偽物感とか、そういう感触がやはり違うような気がします。

堀本　そうですね。

穂村　三鬼くらいしか思い当たらないんです、その作風の人って。昔の人では。あと、虚子の弟子で、なんだっけ。……爽波？　ちょっと違うかな。

堀本　波多野爽波。「チューリップ花びら外れかけてをり」。

穂村　ちょっとエキセントリックな。

堀本　「外れかけてをり」が即物的な捉え方で、写生の不思議を見せられているような気がしますね。穂村さんの短歌にも爽波とはまた別種のエキセントリックがあって、この対決の中でも存分に見られておもしろかったです。僕の好きな穂村さんの短歌はこの本の編集担当の北村さんの題「たまゆら」で、「百葉箱の闇に張られし一筋の金なる髪を思うたまゆら」。これはもう単純にびっくりしましたね。百葉箱は、穂村さんもエッセイに書かれているように、気象観測用の装置ではあるんですけれども、ちょっと何か近寄りがたいような妙なオーラを出している。その闇の中に、湿度計、湿度をはかるためですかね、フランス人女性の一筋の金髪が使用されていると。最後に「たまゆら」と持ってきているところが、絶妙なんですよね。この「たまゆら」という題と百葉箱の闇と謎をぴしっと合わせてきたというのが、すごいなと思ったんです。僕は全く知らなかったから、こんなことは。

穂村　それこそ異化された世界みたいな部分ですよね。現実なんだけど、パラレルワールド的というか、あの中にフランス人女性の髪が張られているとかいうのは、非常に非現実的な感じがする現実。

堀本　本当にそうですね。

穂村　ちょっと何かヤバい感じがしてね。持ち主どうなっているんだ、みたいな感じとかも。

堀本　一体フランス人のどんな人がこれを提供しているんだという……。

穂村　イギリス人じゃいけないのか、とかね。何でどの説明を調べてもフランス人女性のと書いてあるんだろう、みたいな。

堀本　フランス人以外の、いくつかの国の女性の髪も試したのかなとか、何かいろいろ奇妙な想像が広がってきて。

穂村　「たまゆら」という言葉そのものが明らかに詩的な言葉だから、どういうふうにそれを扱うかみたいなところはありますね。堀本さんは「とろろ飯」でしょう。「とろろ飯」の句もよかったよね。平仮名がいっぱいあってとろろ飯っぽいですよ、見た目からして。

堀本　とろろ飯も、つるっとたまゆらですぐ食べちゃうんだけれども、この食べている世界そのものも「たまゆらの世」だなと思って。何かそこの入れ子状の時間性が気になって作った一句でしたね。

シンクロニシティ――不思議な出来事

穂村　食べ物が結構出てきましたね、堀本さんの句には。バターロールとか零余子飯《むかごめし》とか。

堀本　食いしん坊なだけかもしれないです（笑）。連載中、不思議なことがあったんですが、穂村さんの歌で「左目に震える蝶を飼っている飛び立ちそうな夜のまぶたよ」って、好きなんですけれども、実はこの穂村さんの短歌を読んだとき、ちょうど僕のまぶたも、ぴくぴくぴくぴくぴくなっていたんです。それが今までの人生の中で、最長にまぶたがぴくぴくなったときだったんですよ。

穂村　言霊だ。

堀本　いや、本当に。穂村さんの短歌に、魔術的な言霊が宿っているんじゃないですか。謡歌じゃないけれども、予兆的なことを孕んでいるような気がします。一ヵ月ぐらいぴくぴくなってたいへんだったんですよ。

穂村　へーえ。あれ、気持ち悪いですよね。

堀本　めちゃくちゃ気持ち悪いです。眼科に行ったら、目が疲れていて、ちょっとドライアイになっていると。それで目薬もらって、しばらくそれを差して、お風呂とかで目を温めていると、治ったんですが、そのど真ん中のときに、穂村さんのこの一首が出てきたので。

穂村　すごいね。

堀本　すごかったです。

穂村　じゃもっといいことを書けば、いいことが起きる。

堀本　いいこと書いてください（笑）。本当に僕はこのときそうだったからわかるけれども、「左目に震える蝶を飼っている」というのがすごくリアリティありましたね。比喩がぴったりだった。

穂村　そういうシンクロニシティの話もいくつかありますよね、黒猫のこととか。

堀本　はい、「点猫の黒猫の眼の夜寒かな」。この句は、エドガー・アラン・ポーの短篇「黒猫」と妙にシンクロしました。

穂村　奇妙な句作りをした経験が二度あるというのは、どういう体験なんでしょう。

堀本　一つは「外套のまま寝る友の忌日かな」。外套を着たまま寝た、それが友の忌日であったという句を作ったんですよ。で、これ何気なく作って、別に友達が亡くなったから詠んだわけじゃないです。電車の中でぽっとひらめいて作った句なんですけれども、その一週間後ぐらいに和歌山のおさななじみから「Aが死んだの知ってる?」って突然メールが入って、えっ?　ってなりました。知らない知らないと言って、いつ、どう亡くなったのとか詳しく聞いているうちに、あれっ、そういや一週間前に何気なくそんな句を作ったなと思って……背筋がすうっと寒くなりました。

穂村　まぶたの痙攣より、ヤバいやつですね。

堀本　そう。だからそれって何だろうと。偶然は偶然かもしれないけど、自分ではすごくドキッとしたんです。それが一つ目ですね。もう一つは、「狼の毛皮に血なし憂国忌」という句を作ったんです。憂国忌というのは、三島由紀夫の忌日。

穂村　ああ、憂国忌。

堀本　これも忌日ですよね。「狼の毛皮に血なし憂国忌」。オオカミの毛皮に血がないのは当たり前なんだけれども、それをわざわざ叙述して憂国忌を象徴的に表現したかったんです。何か三島って一匹狼だなというイメージがあって。三島が亡くなったのは一九七〇年の十一月二十五日なんだけれども、十一月の句会でこの句をぽっと出したんですね。何の気なしに出すと、句会の主宰が「堀本君さ、三島の忌日句をきょう作っているけど、この会場の下にトンカツ屋があるだろう。そのトンカツ屋って、三島が『楯の会』でよく来ていたトンカツ屋なんだよ」と言われて、ちょっとぞっとしたという——。

穂村　じゃ、忌日の句を作ると、そうなりがちなんですね（笑）。

堀本　無意識に作ったものが、妙にシンクロしてくるんですね。

穂村　塚本邦雄がその何とか忌というのを俳句から輸入して、自作にはジュリアン・デュヴィヴィエ忌とか。

堀本　ありますよね（笑）。
穂村　すごい不謹慎だなって思うんだけど。
堀本　絶対俳句の季語にはないものを。
穂村　言葉のレベルで完全におもしろがってるな、と。そういう言語マニアみたいな側面が塚本にはすごくあったから、そういうところに訴えかけてくるんでしょうね。人が死んで一つの何とか忌というものになるというのが。塚本にあるんですよ、憂国忌なんてダサいから、奔馬忌にしろっていう短歌だったかエッセイだったかが。奔馬忌のほうが格好いい、確かに。
堀本　塚本邦雄が奔馬忌にせよというのは、わかりますよ。『豊饒の海』第二部「奔馬」には第一部「春の雪」の主人公松枝清顕の生まれ変わりの飯沼勲が出てきますね。勲は革命を熱烈に求める軍国の少年で、クーデターを企てるんだけども、結局失敗して、最後は壮絶に自刃するんですよね。だから勲と三島の自刃とを重ねて奔馬忌にせよと言っているんでしょう、塚本らしいですよね。
穂村　いかにも、です。春日井建さんは、自分で亡くなる前に決めてたんじゃなかったかな。燕忌と言うんだけれども。
堀本　自分の忌日をですか？
穂村　たしかそう聞いたよ。何かすてきだけどね。太宰の桜桃忌もまあ普通だな、という感じ。

堀本 そうですね。「桜桃」っていう作品がありますね。太宰が亡くなったのは、六月十三日で夏ですね。

穂村 そうなんですね。

堀本 穂村さんの歌で僕が好きなのはまだあって、さっき「カルピス」の句を挙げてくださいましたが、穂村さんの「カルピス」の一首、僕も好きです。なぜ好きかっていうと、「虫籠にみっしりセミを詰めこんで」って、実際にめちゃくちゃ自分も子どもの頃やってたんです。だから親近感がありますね。

穂村 そう書いていますよね。クモはちょっと気持ち悪い。クモをバケツにがんがん入れる。怖い。

堀本 穂村さん、これはやっていたんですか。

穂村 セミはとった記憶がある。その回の俳句と短歌が一番近いかもしれませんね。作風がばらばらすぎて全然わからないんだけど、その二つの世界はやや近いんじゃないかな。

堀本 自分の経験に近いからでしょうか。なるほど。

穂村 そうですね。昭和の子供の感じが。

堀本 本当ですね。僕も昭和の子ですから。これは短歌じゃないけど、穂村さんにお聞きしたかったのは、題「水際」のときのエッセイで「富士山に登った時のこと」って一行目からありますが、穂村さんは本当に富士山に登ったことがあるんでしょうか（笑）。あまり穂村さんと富士登山が結びつかないのだけど。

穂村　あるんです。父が八十歳になったときに記念に登ろうと言われて、登った。

堀本　えっ、お父様と一緒に登ったんですか。

穂村　そう。父は今も山に登りまくってるよ、八十六歳なんだけど。超強いんです、足が。

堀本　おもしろい。

穂村　それもパラレルワールド的かも。逆にね。ありそうもないと思うから。

堀本　穂村さんが富士山に登った!?　えっ、と思いました。

穂村　でも、北大のワンゲルでしたからね、僕は。全然山は好きじゃなかったけど。ワンダーフォーゲルという言葉を知らなくて、今で言うトレッキングと間違えたんだね。みんなヒマラヤとか行っているんだもの（笑）。一年で大学をやめるまでいました。もう悲惨でしたよ。本当に苦しかったです。だから自分からは登らないんですが、父は山が大好きで、今も年に一回ぐらいは一緒に登るんです。彼のほうが強い。

堀本　穂村さんと富士登山のギャップ、違和感が逆におもしろかったですね。題「客」のエッセイの中で、僕の名前を出してくれているんですが、「堀本さんは『俳人』を着られるだろうか。もう持ってたりして」とありますね（笑）。文字が胸に書かれたTシャツのことですが。

穂村　持ってない？
堀本　持ってないです！
穂村　「宗匠」っていうTシャツ、着るんじゃない？
堀本　めっちゃ恥ずかしいじゃないですか。
穂村　誰が宗匠かわかるように。
堀本　この短歌「『店員』と胸に書かれたTシャツを着ているけれど客なんだって」はすごくおもしろくて、確かにこういう店あるなと。
穂村　ありますよね。沖縄の国際通りとかにね。
堀本　お客さんが思わず注文しそうなまぎらわしさがありますね。
穂村　僕はよく声かけられたんだけど、店員っぽいのかなって自分で思ったよ。最近、やっぱり年齢のせいだと思うけど、なくなってきましたが、ある年齢までは、よくおばさんの客とかに、「ちょっと」とか言われて。飲食店でもあったし、雑貨屋みたいなところとかでもあった。
堀本　穂村さん、かちっとした店員らしい格好してたんじゃないですか。
穂村　そんなはずないんだけど。
堀本　あとね、これは穂村さんしか本当に作れない一首だなと思ったのは、「古本屋」の題で、「古本屋に入ったことがあるだろうか、朝青龍は、松田聖子は」っていう、ここの絶妙な人選、個人名の選び方がそうだなあって。エッセイの中で、白鵬とか……。

穂村　白鵬と山口百恵は入ったことあるんじゃないかみたいな感じは、ちょっとするんだよね。

堀本　何だろう、この説得力は。確かにそうなんだよな。言われてみると、白鵬なんかは古本屋に入って、ちょっと物色してておかしくないなと思うんだけど、朝青龍はいないだろうなって（笑）。

穂村　ふふ。松田聖子さんは、古本屋というものを知らないかもしれないね。

堀本　そう。やっぱり不思議な説得力があるんですよ、この人選が。季語で言うと、「動かない」と思わせる。

穂村　朝青龍は動きませんね。

堀本　朝青龍と松田聖子は動きません。

俳句の魅力　短歌の魅力

穂村　僕もまだあります、好きな句。「蒼海を描く子の袖にゐのこづち」。今度、堀本さんが作る結社の名前が出てきます。蒼海。これは遠近感と、属性の違いみたいなもの——くらくらするような大きさの差とか距離を感じましたね。塚本邦雄が『百句燦燦』というアンソロジーに入れた「向日葵の蕊を見るとき海消えし」（芝不器男）だったかな。それが僕は好きなのですが。あと、最後の句もいいですね。

堀本　馬場あき子さんの出題で「ぴよんぴよんと熊楠跳ねて秋の山」。

穂村　うん。熊楠のぴょんぴょんも、すごくいいなと思いました。これも柳田や折口ではぴょんぴょん感がないもんね。熊楠は動きませんね。

堀本　そうですね、確かに。柳田や折口だと別のオノマトペになる。

穂村　熊っていう字も入っているしね。

堀本　最後の句は故郷の紀州で締めたかったというのもあります、熊楠が出てきたのは。馬場あき子さんがおもしろい題を出してくださったんでありがたかったです。擬音の題は、谷川俊太郎さんと馬場さんだけでしたね。谷川俊太郎さんの「ぴたぴた」は、穂村さん、どうでした？

穂村　うーん、割と難しかったような気がします。ぴたぴたが余り思いつかなくて。ぴたぴたするものと言えば何だろうって。結局、床屋のカミソリにしました。

堀本　僕は穂村さんの歌、「舞台」も好きです。「まっくらな舞台の上にひとひらの今ごろ降ってくる紙吹雪」。これは写生的ですよね。

穂村　ありがとうございます。

堀本　エッセイを読むと、実際にあったことなんですよね。

穂村　うん。韻文の語法ですよね。言葉の配列が散文じゃないから。「ひとひらの」の後に「今ごろ降ってくる」が挿入されるっていうのが、多分韻文の感じなんでしょう。僕が書くと、どうしても心象風景めいてしまう。本当にその場にとどまった写生みたいな感じにはどうしてもならないですね。何でなのかな。何か夾雑物を排除しちゃうからだと思います。クリアにしすぎるような――。

堀本　何でしょうね。ある意味すごく象徴性が高まるんですね、穂村さんが作ると。

穂村　いわゆる写生の作り方をする人は、象徴へ抜けるトンネルがもうちょっと長くて、現実特有の圧力や夾雑物を抜けてから象徴に行くっていう感じがあるけど、そこの圧力みたいなものを僕はうまく言語化できない。昔からそうなんです。だから俳句をやらなかったんだと思います。

堀本　確かにこの歌も、このエッセイを読まなければ心象的なふうにも見えてくるので、そこが象徴性の高さといえるかもしれない。

穂村　やっぱり無意識のうちに、自分の体感とジャンルをマッチングさせて選んでいるんでしょうね、作る人は。

堀本　この一首は、この時間差が絶妙な間になっているんです。「今ごろ降ってくる」、時間をたがえて降ってくるっていうのが、そこにやはり「何か」を見ることができる。

穂村　異変が好きすぎて、どうしても出ちゃうんです。そうすると異変だらけになっちゃって、もう異変じゃないじゃんそれは、となるんですけど。

堀本 その異変が僕が惹かれるところなんですよね。

穂村 異常なこと、変なこと、思いがけないこと、世界が転換されるようなことが、好きすぎるんですよね。

堀本 ふだんもそういう目で物事を見たり触れたりしていますか。

穂村 そうだと思いますね。そういう体感がそのまま出ちゃう。だからゆったりとその時空間にいるっていう感覚は、なかなかないですね。

堀本 穂村さんが短歌を作るときって、机上で作るんですか。いろんなところでひらめくとは思うんですけれども、主にどういうときにひらめきがちなんですか。特にそれは決まってないですか。

穂村 そうですね。決まったパターンってありますか、堀本さんは。

堀本 僕は机にかっちり座っては作らないですね。家で作るときも、絶対寝っ転がって、ジャズとか音楽を聴きながら。

穂村 あ、聴いていても大丈夫なんだ。

堀本 僕は音楽を流したいです。

穂村 へえ、邪魔にはならないの。

堀本 作っているときは、聴こえないんです。でも……。

穂村　流したい。
堀本　流したいんです。
穂村　おもしろいね。
堀本　穂村さんは無音で作りますか。
穂村　僕は音楽があると入ってきちゃいますから。
堀本　へえー。それ、分かれますよね。
穂村　人によって分かれますよね。多分脳のどの部分で言葉を処理しているかによるんだと思いますけど。堀本さんは短歌作ったことあるんでしたっけ。
堀本　ありますよ。
穂村　何でちっちゃい声で言うの（笑）。
堀本　僕、「短歌研究新人賞」の佳作をとったことあります。
穂村　あ、出したことあるんだ。
堀本　あるんです。
穂村　知らなかった。何年前に？
堀本　大分前です。二十代。
穂村　随分前ですね。
堀本　俳句と短歌両方やっていた時期があったんです。

穂村　そうなんですね。
堀本　僕は短歌のほうが先に年鑑に名前が載ったんです。
穂村　へえ、結社とかに入っていたわけじゃないんですか。
堀本　無所属で。
穂村　知らなかった。それでなぜ自分は俳句だな、と確信を持ったのですか？
堀本　やっぱり俳句のほうが作りやすかったというのと、いろいろ投稿して入選する数が俳句のほうが圧倒的に多かったからですね。それで俳句を選び取った。
穂村　なるほど。僕は名句と言われている句をいくつか見て、これはあかん、と思って断念したのですが。「秋風や模様のちがふ皿二つ」（原石鼎）と、「滝の上に水現れて落ちにけり」（後藤夜半）とか、「頂上や殊に野菊の吹かれ居り」（原石鼎）みたいな俳句。どの句も好きじゃない。「模様のちがふ」は好きだけど。でも、そんな僕が見ても、本当にいい句ってこういう句だろうなって思えるから。好きな三鬼が最高にいいって思えれば俳句をやる活路があったと思うんだけど。草田男もちょっと好きなんだけど、変なところがありますからね。
堀本　ちょっとごつごつとした手触りでいて、詩的な感じがありますよね。
穂村　ええ。本当に自然に作り続けて退屈な句をいっぱい作ったあげくに、神様が手を貸してくれてできた名句みたいなのが一番嫌なんだけど、そういう句が、やっぱりいいなって思えてしまう。何でしょうね、敬虔さみたいなものが要求されると僕は耐えられないんですよ。

創作の時間感覚

穂村　堀本さんとは、年齢差が一回りあるんです。だけど住んでいた地域差があって、堀本さんのほうが田舎で育っているから、自然と触れ合った体験指数で言うと、多分堀本さんのほうが高いのかなみたいなね。でも僕も書いてないだけで、相模原にいたから、割と自然はあったんだよね。それを肯定的に書く度合いが全然違っていて、余りよきものとして僕は書かないんですね。その印象の違いがあるんだ。でも、時々堀本さんの文章に、学校の帰りか何かにつぶつぶオレンジを買ったとか出ると、若いなみたいな。つぶつぶオレンジなんか最近じゃんみたいな（笑）。そういう人工物が出ると、急に、堀本さん若いな、みたいな。

堀本　出てきましたね。題「謀叛」のとき。

穂村　あんな最近の飲み物、子供のころ飲んでたんだ、って。

堀本　それは確かに、年齢差ですね。

穂村　日航機事故のときにまだ子どもだった、とか。僕はもう新聞社でバイトしてた頃だな、とか。

堀本　そうなんですね。やっぱり穂村さんは僕よりだいぶお兄さんだ（笑）。僕は連載中は、ただただ楽しかったです。

穂村　いつも締め切りぎりぎりに着手するから、できないと焦りました。

堀本　僕が先にお渡しして、穂村さんが後からっていうことが多くなりましたね。

穂村　別にそんな約束はないのに。

堀本　全くないんですよね。

穂村　僕がなかなか作れないから、そうなる。

堀本　穂村さん、僕の俳句を実際踏まえて作られましたか。

穂村　あまり意識しませんでした。僕はやっぱり自然とか他者とかに、すごく感度が悪いんだと思います。全く真空な感じがやっぱり強いんです、昔から。堀本さんは、やや古風だってこともあるのでは。「ふるさとの丘はありがたきかな」って啄木の本歌取りだけど、それは今の人はなかなか書かないんじゃないかなと思うんです。

堀本　よく正統派みたいな言われ方をするんだけど、僕は全然正統派とは思っていなくて、古風っていう言い方のほうが合っているかもしれない。田舎に育ったし、そこで体験したことをもとに俳句を作ることが多いから、それは古風になっちゃうんだろうなっていうのはありますね。

穂村　でも俳句の季語って、ある意味では人工的なデータベースだから、そこに自然がもう前提として入ってくるわけですよね。何か幻の自然のデータベースみたいなものが。それと実体験の自然っていうのは、位相としてはどうなんですか。

堀本　僕なんかは本当に田舎で育ったから、そこが一致する部分って結構多いと思うんですよ。それはその人の育った環境で、季語と実際の自分が体験してきたことのずれっていうのが、変わってくるんじゃないかなと思うんです。データベースではあるけれども、やはり季語って、「亀鳴く」とかそういう空想的なものは置いておいて、大体自然界にあるもの、実在するものが季語になっているから、そこにどういう密度で触れてきたかで、その季語の捉え方っていうのも大分違ってくるんだろうと。

穂村　俳句作るとき有季定型でやろうとするんだけど、そうするとすごい人工的な作業をしているような気持ちになるね。だから逆に、最適な季語探しゲームみたいになっちゃう。季語が一番よくわかっていない部分だから、ほかの部分を自分の感覚で作って、さあここに最適な季語をはめるぞ、みたいに。あと「季寄せ」を見たりして。でも、多分初心者とかで、そうなってる人は多いと思う。あてはめていく作りかたになる。

堀本　ありますね。何かパズルのように入れかえたりはめたりしている人がいると思うんだけど、例えばじゃあ「蛍」で作ってきてくださいと生徒にいうと、先生、私は蛍見たことないんで、ユーチューブを見て句を作りましたと。都会の人は蛍も見たことがないんだなあと驚くことがありますよね。

穂村　ユーチューブ俳句だ。

堀本　そのユーチューブ俳句とか、画像だけを見て作るとかっていうのが最近結構多いですね。僕は自分の中に蛍の飛んでいる姿が頭にあって、触れた感触も残っているから、そこから発想を飛ばせるんだけど、その体験のない人はやっぱり動画とか画像でイメージをもらって作るしかないっていう。それはまさに、さっき言った、どれだけその季語と触れ合っているか、触れた密度が高いか、っていうところだと思うんですよね。僕は、俳句を選ぶときは、作品だけしか見ないので、それでおもしろいな、いい句作っているなと思えば、別に何を見ようが、その句で判断します。後から作者に聞いて、あ、そうなんだ、ユーチューブ見て作ったんだと思うだけですけどね。でも指導者として、やっぱり実物に触れてほしいとは思いますね。蛍をもし見たことがなかったら、見せてあげたいなって思う。その人がそれを実際見たら、どんな句を作るんだろうってやっぱり思っちゃうから。明らかにユーチューブで見る蛍と実際見る蛍とは違うんですよ。それは当たり前だけど。だからそういう溝を埋めるためにじゃあ吟行行こうよ、蛍が飛んでるところへ行こうよって、ちょっと誘いたくなりますよね。

歌人、俳人であるということ

堀本　穂村さんとの共通項で言うと、お互いサラリーマンを経験しているっていうことかもしれないですね。例えば長嶋有さんからのお題「部長」のところで、穂村さんのサラリーマン時代が描かれていますね。

穂村　ちゃんと働いてたんですか、堀本さんは。

堀本　僕はわりとちゃんとしてましたね。自分で言うのもなんですが（笑）。

穂村　それなりにちゃんとできるんだ。

堀本　何となく。でも、コピーライターとかライターの世界だったから、ちゃんとしているといっても、ゆるいところがあって。

穂村　言葉の専門職。

堀本　それなりの自由さはありましたね。ホリエモンがいた時期の六本木ヒルズで、僕は働いていたんです。

穂村　代理店みたいなところですか。

堀本　人材派遣会社の子会社で、当時は行け行けでやっていたんですが、結局不祥事があって、もう今はないんです。

穂村　潰れちゃったの。

堀本　潰れちゃいました。僕はその会社の一番輝かしい時代にいたかもしれませんね。

穂村　バブル期。

堀本　そういうヒルズの時代もありつつ、でもヒルズに通いながらも俳句作っていましたから。

穂村　運動部をやりつつ詩集を読み、ヒルズに通いつつ俳句を作りだから、昔から根強くあったわけですね。

堀本　そうです。粘りだけが取り得かも。

穂村　じゃあ必然なんだ、今。こうなって、ついに宗匠にまで。

堀本　そう言われると恥ずかしいですけどね。でも何かやりながらも、絶対捨てなかったですね、俳句は。やはり好きだったんでしょうね。いや、好きっていう意識もなく続けてきました。

穂村　好きなことをやっていて、世間がそれを必要とせず、みたいなことを、やっぱり感じるよね。

堀本　だって「職業は何ですか」と聞かれて、「俳人です」って言うのは少し言いづらいもんですよ。

穂村　作家、小説家と全く違うからね。

堀本　「作家です」、「小説家です」って言ったら、社会的にすぐわかるじゃないですか。でも「俳人です」って言われても、たいていの人はあまりピンと来ないんですよね。

穂村　俳人は、一応言葉はみんな知っている。でも歌人っていう言葉は知らない。

堀本　歌人のほうが格好よくないですか、響きが。

穂村　俳人ってよく言われるし、詩人ってよく言われるけど、歌人っていう言葉はみんな知らないんですよ。僕はだから、「短歌作ってます」と言うけどね。職業の説明にはならないので「本を書く仕事です」って言ったりします。

堀本　僕も俳人って言いづらいから、俳句作っているんです、と言うんですが、向こうは職業を聞いているわけだから、ちょっときょとんとしてますね。あなたの趣味でしょ？　それは、みたいに思われる。でも、たまにそんな誤解がありながらも、俳句を作る暮しができているのは、とても幸せなことだなと思っています。

穂村　短歌という、こんな地味で報われないものをずっとやってきたということだけは、すごいな、って自分で思うんです。

二〇一八年一月十五日

初出〈波〉二〇一三年九月号～二〇一七年十月号
＊対談は語り下ろし

穂村弘

ほむら・ひろし

歌人。一九六二年札幌市生まれ。一九八五年より短歌の創作を始める。二〇〇八年『短歌の友人』で伊藤整文学賞、「楽しい一日」で短歌研究賞を受賞。二〇一七年『鳥肌が』で講談社エッセイ賞を受賞。歌集『シンジケート』『ドライドライアイス』『手紙魔まみ、夏の引越し（ウサギ連れ）』『ラインマーカーズ』、詩集『求愛瞳孔反射』、エッセイ集『世界音痴』『にょっ記』『絶叫委員会』『世界中が夕焼け―穂村弘の短歌の秘密―』（山田航との共著）『野良猫を尊敬した日』、近著に『きっとあの人は眠っているんだよ』『これから泳ぎにいきませんか』。他に対談集、短歌入門書、評論、絵本、翻訳など著書多数。歌集『水中翼船炎上中』を近刊予定。

堀本裕樹

ほりもと・ゆうき

俳人。一九七四年和歌山県生まれ。俳句結社「蒼海」主宰。第二回北斗賞、第三十六回俳人協会新人賞、第十一回日本詩歌句随筆評論大賞、平成二十七年度和歌山県文化奨励賞受賞。東京経済大学非常勤講師、二松學舍大学非常勤講師。著書に句集『熊野曼陀羅』、『いるか句会へようこそ！恋の句を捧げる杏の物語』、『富士百句で俳句入門』、漫画家・ねこまきとの共著『ねこのほそみち』、又吉直樹への俳句入門講義をまとめた『芸人と俳人』、『春夏秋冬 雑談の達人』、『俳句の図書室』、近著に田丸雅智との共著『俳句でつくる小説工房』がある。公式サイト http://horimotoyuki.com

短《たん》歌《か》と俳《はい》句《く》の五《ご》十《じゅう》番《ばん》勝《しょう》負《ぶ》

二〇一八年四月二五日 発行

著者 穂《ほ》村《むら》 弘《ひろし》
堀《ほり》本《もと》裕《ゆう》樹《き》

発行者 佐藤隆信

発行所 株式会社新潮社
〒一六二―八七一一東京都新宿区矢来町七一
電話 〇三―三二六六―五四一一（編集部）
〇三―三二六六―五一一一（読者係）
http://www.shinchosha.co.jp

印刷所 大日本印刷株式会社

製本所 加藤製本株式会社

乱丁・落丁本は、ご面倒ですが小社読者係宛お送りください。
送料小社負担にてお取替えいたします。
価格はカバーに表示してあります。

ISBN978-4-10-457403-2 C0092